JN121402

駐日ジョージア大使　**ティムラズ・レジャバ**

ジョージア大使のつぶや記

教育評論社

装画＝高橋将貴
ブックデザイン＝鳴田小夜子（KOGUMA OFFICE）

目次

＊写真は、関係のある文章部分に、写真のあるページ番号と
　　写真位置(左、中、右)と、必要なところのみ説明を付しています

プロローグ

「チリも積もれば山となる。」

　この言葉は、果たしてどれだけの時日の中で、どれだけの人たちを励ましてきたことだろうかと考える。

　また、その言葉を知らなくても、それを無意識に理解し、本能的に一所懸命に何かに没頭して、ひたむきに励んできた人も多いと思う。言葉の力というものは、人間の中に潜在的にある発想や営みを、意識として外に引っ張り出す。言葉の組み合わせを少し変えるだけで、全く違ったものになる。あるいは反対に、似ているものでも少し要素が違うだけで、絶妙にニュアンスが変わってくる。料理と同じで、材料の組み合わせをちょっと変えるだけで、まるで違うものになってくる。それが言葉のマジックなのではないかと思う。ジョージアの偉大な詩人でこのように言ったものがいる。「長い言葉を短く言って本当の詩人だ」

　私は大雑把というほどではないが、あまり多くのことは気にしない。着るものや格好はそんなに気にしない。だから妻にも良く注意されたりする。そうすると、ムッとする。

　しかし、とても几帳面な部分がある。それは、言葉選びだ。言葉は自分の内面を表現するものだと思う。そして、それは相手の心の奥に届き、言葉の選び方や組み合わせによっては一生その人の中に留まることがある。もちろん、それはプラスになることもあるし、マイナスになることだってある。だからこそ、自分が使う言葉に関しては、持っている引き出しを最大限に使って、そのときの気分や雰囲気と照らし合わせながら慎重に選ぶようにしている。

　日本語で、言霊と言うが、私はその言葉が好きだ。好きというより、と

7

ても参考にしている考え方だ。

だから、言葉は私にとってファッションのようなものなのだ。

実は、X（旧Twitter、適宜使い分ける）ではこのような思いでこれまで発信してきた。

毎回、限られた文字数の中で、いかに自分らしさを表現するかにこだわりを持ってきた。そのため、私は文章を誉められることがあると、まるで心を誉められているような感覚になり、嬉しい。

そんな思いで、まさにチリのような「つぶやき」が多くの人たちとの絆をつくり、私にとって武器となったのだ。「ペンは剣よりも強し」とよく言ったものだ。

本作は、まさにチリのような小さな「つぶやき」が山となっていく過程を、たどっていこうと思う。文字通り私の「つぶや記」なのである。

◆◆◆◆◆◆

私は現在、夢のような仕事をしていると認めざるを得ない。そう思わないと、きっと後悔すると思う。この本を出版することも夢のような話だ。

私は、多くの人が思うよりも、急な展開で駐日ジョージア大使に就任した。そして大使になってからは、また急な巡り合わせで物事が進み、いろいろな出来事が起きた。人間というのは試練に対して、前もって完全に準備を整える事は難しい。大使になる覚悟ができていたと言ったら嘘になる。事前に準備ができていたら、世にいう「経験」というものに、価値はなくなるだろう。

また、私が急な展開で大使になったと言い切ってしまうのも、どこか語弊があるような気もする。今の仕事で大事なことの一つである、自国を知ってもらう努力をはじめたのは、30年前で、私の目線で言えば、遥か昔に遡

る。当時、日本に住むジョージア人がほとんどいなかったことを考えると、私は、その先駆者であると自負している。私は、物心がついた頃から、母国ジョージアがどんな国であるかについて日本の方々にことあるごとに伝え続けてきた。それは、まるで自分が周りと違うことをカバーするための営みだったとも思える。

　大使としての私の任務を振り返ってみるとジョージアの大統領の訪日が真っ先に思い浮かぶ。2019年の10月、ズラビシュヴィリ大統領は、天皇陛下即位の礼にかかわる儀式に出席するために来日した。外交の最も大切な仕事の一つとされるのが、このようなハイレベルな往来の準備や対応だ。着任してわずか数ヶ月という短い時間で、しょっぱなからジョージアの国家元首の、それも天皇陛下即位の礼という格式高い場の対応だ。それは、まるで準備なしに試合に臨むような感覚であり、大きな試練になったことは言うまでもない。それに、外交畑出身の大統領は、何事にも厳しいという事でも有名だった。

　私はその5日間にこれまでの日本での経験を最大限に活かそうという心構えでいた。大きな試練を不安視していた私に、妻は「これはかえって大きなチャンスよ！　このような機会こそ楽しまなきゃ」と声をかけてくれた。それは反論しようがなく、スッと私の心に落ちた。そのことで気持ちを集中させることができた。

　飛行機の扉での大統領御一行の出迎えにはじまって、5日間の訪日スケジュールは瞬く間に過ぎていった。大統領からは、旅の振り返りとして、高評価を与えられた。私なりに一生懸命にやったことが成功裏に終えることができ本当にホッとした。その喜びは妻とも共有し、さらに何倍にもなった。

　大統領の訪日は、私にとって二つの大きな収穫となった。

　一つ目は、苦手意識があったとしても一生懸命取り組むことで、それが

思わぬ形で得意分野になり得るという学びである。マイナスをプラスに変えること、それを身をもって経験した。もう一つは大統領と信頼関係が築けたことだ。それが後の仕事にとって大きな自信につながった。

　また、私が日頃からXをよく使うことは読者の多くもご存じだろう。実は、Xをはじめたきっかけは、大統領の訪問中のことだ。それまでXはまったく素人だったが、私なりに工夫をしたコメントがきっかけとなって、多くの話題を呼んだことは、私にとってXの成功体験となった。

　ジョージアに関しては、日本ではまだまだ知られていないことが多い。それを伝えることも私の大事な仕事の一つだ。その一連の流れを大統領に見せたところ、思った以上に喜んでくれた。「良くやった、自分の国について知ってもらうことは、大切なことだ」と。大統領からしてみればささやかなひと言だったかもしれないが、そのひと言は、私のその後の活動に大いに励みとなった。それにはとても感謝している。自慢の大統領だ。

　私が今の仕事を任され、そして進めていくことができる背景には、多くの人の支えがある。私の家族、ジョージアの国民のみなさん、日本のみなさん、職場や仕事上で付き合う大切なパートナーの方々。そのような人たちに対して、表現しきれない感謝の気持ちを持っている。そのため、仕事を通し恩返しの意味で、感謝の気持ちを描いていこうと思う。中には、その人の支えなくしては、今の私がなかったと思える人でも、感謝を伝えられていない人たちもいる。それは私に無類の愛を捧げてくれた、おじいちゃんやおばあちゃん、そして今は亡き母親など、この世を去った人たちだ。だからこそ、私はこれから書く文章を彼らの代表として、母親のリカに捧げたい。そして、この文章書き通す原動力としてその胸を借りて、もう一度彼女たちに甘えたい。

今回の書籍では、自分の経験や思いをある程度自由に伝えようと思う。まるで大きな野原に出たような気持ちで、なるべく何も誇張することなくつらつらと語っていきたいと思う。私は面白半分で、Xのプロフィールに"徒然なるままに"ジョージアのことを呟いていくと掲げている。私はできるだけ等身大で多くの人と会話し、気持ちを通わせたいと思う。できるだけ飾らず、徒然なるままに語るからこそ、余計なものを剥ぎ落としたときに気づけるものにたどり着きたいと思う。

私の好きな言葉に、「人生は何事をもなさぬにはあまりに長いが、何事かをなすにはあまりに短い」というのがある。今の私は、人生を語るほど長生きをしていない。仕事について何か偉そうに書くほどの経験があるとも言えない。しかし、半人前でも人は人だ。人生が短いものでも人生だと言えるように。

自分の人生と仕事のことを織り交ぜながら、自分なりの感性で、人に読んでもらえるような文章を仕上げていきたい。たとえ一人でも、読んでもらえたら嬉しい。

ジョージア

◆面積 ······ 69,700km (日本の5分の1)

◆人口 ······ 370万人

◆首都 ······ トビリシ

◆公用語 ···· ジョージア語

◆宗教 ······ ジョージア聖教 (主として)

位置

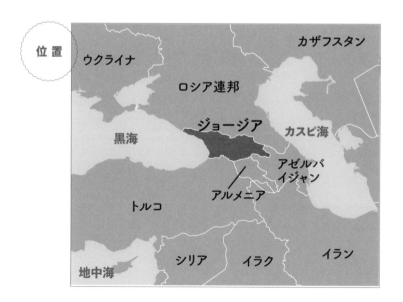

第 1 章

ジョージアから
日本へ

ジョージアのかすかな記憶

　私は1988年、父アレキサンダー、母リカ（P17左：両親）のもとにジョージアの首都トビリシで生まれた。ジョージアは西にヨーロッパ、東にアジアという境に位置する、日本の5分の1ほどの面積の小さな国である。美しいコーカサス山脈、温泉地、ワイン発祥の地という観光立国だ。日本では、ロシア語由来の「グルジア」と呼ばれていたが、2015年に国連加盟国の多くが呼ぶ「ジョージア」に変わった。

　生まれてから4年間、首都トビリシに住んだ。残っている記憶は数少ない。しかしなんとなく頭の片隅に洗礼を受けたときの記憶がある。記憶というよりもその感覚が残っていると言ったほうが正しいだろう。

　あとになって親から聞いた話では、とても寒い中、僕が風邪をひいていたにもかかわらず、ジョージア南部の都市ボルジョミかどこかの神父に冷たい川の中に投じられた。おそらくかなり刺激が強かったのではないかと思う。川から引き上げられた私は、すっかり熱が引いていたということだ。日本にも熱を出した子どもをあえて水風呂に入れるという習慣があったと聞いたことがある。

　私は生まれた前後の社会環境そのものは他の人に比べるとかなり特徴的だ。なぜなら、私は今はもう存在しないソ連に生まれたからだ。自分の過去を考える意味で避けては通れない。自分の国が今はもう存在しないという経験がある人は、日本人ではおそらくほとんどいないだろう。

　なので、生まれてからソ連が崩壊する3歳までの記憶や時間は、まるで出入口が塞がってしまった記憶の箱のようだ。

　ソ連崩壊前後は荒波のような時代だった。国内には、困難が絶えなかった。しかし、その状況にかかわらず、私たちの家族は、例に漏れず裕福で

はなかったものの、そこには常に思いやりや、あたたかさ、そして愛があった。それは自分の記憶というより、無意識に、だが確実に、その影響があると感じる。子どもの記憶は4歳ごろからあるといわれ、その前のことは心が覚えているものだ。豊かな生活をしている今考えると、人間の求めるべきものは清楚な世界だけでは見出せないのだと思う。

「日本で始まった」人生

　1992年、家族と一緒にソ連を離れ、東広島市西条に移り住むことになった。正確には、父が先に広島に行き、その後まもなくしてから我々残りの家族が父に合流した。何の変哲もない我が家が、地球の裏側とは言わないまでも、遠い日本にいかにしてゆかりを持ったかということに関してはまた後で語りたい。

　先ほどの話の続きで、4歳までの記憶が非常に限られていた点から言うと、つまり私の記憶は広島、つまり日本で始まっていることになる。

　当時の広島、殊に東広島がとても国際色豊かだった、と言ったら嘘になる。街なかや生活圏の周りで外国人は珍しい存在だった。外国人が珍しかっただけではなく、人々は外国人をとても珍しがった。当時の私は行く先々で、「あっ、外人だ」と言われた。あるいは、いざ声に出さなくても、そう感じさせるには十分だった。

　仮に、人生というものをゲームでたとえると、私のゲーム（人生）をはじめる際の「初期設定」は次のような感じだ。

❶　自分の国が崩壊した過去をもつ

❷　外人

あなたはどう感じるだろうか？　人はみんなそれぞれ個性的だといっても、私の場合はそれが少し特異な気もする。

　国際化というものがどのような定義であるかにもよるが、今の日本は、たとえ人々が内気であるにせよ、国際的な物事に対して、昔より自然に受け止めるようになったのではないかと思う。外国人の存在も"普通"になった。

　私の娘たちは、私が日本に来たときとちょうど同じぐらいの年齢だ。特に4歳の長女を自分の過去と重ね合わせることがある。保育園には、他にも外国人がいるし、先生たちもやはり外国人がいることに慣れている。少なくても街なかにいて特段に注目されたりする事は随分と減った気がする。だからある意味で私たちの娘は、私のようにまるで他の惑星から現れたような感覚を抱く事はなく、自然に過ごせているのは嬉しいことだ。

　一方でそれは、日本が一方的に国際社会に順応（アダプト）したわけではなく、おそらく世界各国が一つの新しいスタンダードに少しずつ歩み寄っているからではないかと思う。そのような国際感覚というのは、ナショナル・アイデンティティーを少しずつ砕いていっているのかもしれない。

　ソ連という崩壊してしまった国に生まれて、さらには物心がついた頃から外国人として過ごしてきたことを考えると、否が応でも、自分が何者か考える機会が多かった。そして、他の人がなかなか遭遇しないアイデンティティーを考える葛藤というのは、もしかしたら今の仕事に恩恵をもたらしているのかもしれないとも思う。

贈られたランドセル

　角谷哲司先生は、私の家族と日本のつながりの原点である（**P17中：角谷先生夫妻と私の家族**）。ゆえに角谷先生に関して、私は語らなければならない。そ

のような素晴らしい日本人がいることを多くの人に知ってほしいから。

　角谷先生は、東広島の西条という街で長年、産婦人科を営んだ方だ。今では90歳を超え、数年前に話したときは、夫婦共々、庭や畑いじりが生活の中心になっているということだった。

　角谷先生と私の祖父であるティムラズ・レジャバ（私と同名）**（P17右：祖父と私）** との友情は、今から40年ほど前の1980年代にさかのぼる。研究者だった祖父は、やはり遺伝学の研究をしていた角谷先生と84年に出会い、息子である私の父**（P21左：左）** の留学の手助けをお願いしたという。当時は難しかった留学の手続きだったが、その翌年に奇跡が起き、父の留学手続きが一気に進んだのだ。

　私の家族が日本に住むのは、私の娘たちで4代目になる。そう考えると日本との付き合いは長くなった。私の弟は1995年、角谷先生の病院で生まれた。 何事も始まりが肝心であるというが、私の家族がこれほど日本と関係が深まったのは、はじめて来日したときに与えてもらった角谷先生の優しさやぬくもりのおかげだと思う。

　父は、1992年に博士課程の留学生として日本にやってきた。ソ連崩壊後のジョージアは経済的に安定していたとは言えない。当然、日本で家族を養っていかなければならないとなると、文部科学省の奨学金をもらいながらとはいえ、決して楽ではなかっただろう。

その頃の思い出として、いつも「ランドセルの話」を思い出す。日本では小学校に入るときにランドセルを買わなければならない。私の家庭にはその認識が薄かったのと、ランドセルが当時の私たちの家族からすれば高価だったこともあって、小学校に入る前の日まで私にはランドセルがなかった。私と言えばランドセルのことはつゆ知らず、ただただ新しい生活を送ることになる小学校入学を控えて、なんとなくドキドキしたりそわそわしたり、特別な気持ちだったことをよく覚えている。

そんな入学式の前の晩、私へのプレゼントが届いた。受けっとった両親から、角谷先生からの贈り物だと知らされた。大きな箱を開けると、新品のランドセルが入っていた。私はもちろん、私の両親もとても喜んだのをよく覚えている。

両親だって、純粋に喜んだだろう。当時、彼らは若く、まだ20代だった。ただ、私は単に喜ぶというだけではなかった。そこには、あまりに大きい人の優しさに触れて、萎縮するような気持ちもあったのが心に残っている。頑丈なランドセルに、そんな重みも感じた。

角谷先生は、私たちの家族を、自分の家族とほとんど分け隔てなく最大の愛を注いでくれた。これは、ほんの一例で、私たちの世話を何から何までしてくれたのだ。小さいなりに私もそのことを十分に理解していた。だからこそ、そんな素晴らしい方が世の中にいることを多くの人に知ってもらいたい。

飛行機の中の奇跡

角谷先生と私の家族がつながる背景にはいくつかの偶然が重なる。そうでなければ、ソ連時代のジョージアから、日本にたどり着くという論理的

な説明はできない。奇跡というのは、その人がたどるべき運命という絶対的なものに対して、その道にたどり着くはずがない状況で、その道を修正する偶然と見える出来事を指すのだと思う。私はそんな偶然というものに、これまでたびたび遭遇し、そのたびに感謝した。

　祖父はある学会の交流で角谷先生と意気投合し、その延長で息子のアレキサンダー、つまり私の父の日本留学の相談を持ちかけた。祖父は遺伝子学一筋で、その分野においてはジョージアにおける第一人者だ。特に老化細胞に関する研究では、前衛的な持論があり、多くの論文によって国際的な評価も得ている。

　祖父の一番の研究はある理論を応用する研究だった。非常に限られた研究施設と予算という環境にもかかわらず、祖父は数々の成果を生み出し、私の父はいつも感心していた。父に尊敬する科学者を聞くと、ダーウィン、そしてもう一人は祖父だと答えた。

　祖父と角谷先生の出会いはソ連時代だから、父の日本への留学はハードルが高く「夢のまた夢」といってよい話だったのではないかと思う。しかし、祖父と角谷先生の間で、何か理屈を超えるような感触あるいは自信があったのかもしれない。

　とはいうものの、案の定、話はそううまくはいかなかった。当時のソ連体制もあり角谷先生が日本に戻って何度となく祖父に手紙を出したが、その手紙はまったく届くことがなかったという。音信不通のまま、月日が流れていった。

　その音信不通が続いた時期の祖父や角谷先生の心境を私は想像する。もやもやして落ち着かない気持ちが、生活の中のどこかで、ずっと漂っていたのではないだろうか。

　その流れを変える偶然は突然やってきた。

　角谷先生が学会でヨーロッパに向かう飛行機の中のことだった。

ありがたいことに、私の家族の広島とのつながりに関してはいくつかの記事で既に紹介されている。それらの記事は、私だけではなく、角谷先生や他の関係者にも取材を重ねて、さらには歴史を調査した上で総合的に書かれているから、私も読んだときはこれが取材というものの価値かと驚いた。だから、私が想像を膨らませて記述するよりは、既に出ている記事を紹介したいと思う。

　（略）同じ遺伝学の研究者でもあった角谷さんは78年、旧ソ連であった学会に参加した時、トビリシの大学教授だったレジャバさんの祖父と友人になった。84年、トビリシの大学に講師として招待されて再会し、自宅に招かれた時、息子のアレキサンダーさんの広島大留学を頼まれたという。「温かいおもてなしを受けましたから。当然、協力しようと思った」と角谷さん。ただ、帰国後に留学の手続きを踏もうにも、当時、日本とジョージアとでは国交がなく、電話も通じず手紙も送れなかった。角谷さんは「途方に暮れた」という。

　しかし翌85年9月、角谷さんが学会のために旧東ドイツに向かっていた時に奇跡は起きた。角谷さんは、使う予定だった飛行機が満席だったために別便へ変更し、機内では婚約者の隣に座りたいという男性と席を変わっていた。そうして、隣に座った人は偶然にも、トビリシに向かう途中の、広島大の教授だったという。角谷さんは、その教授に名刺を渡して、事情を説明。レジャバさんの祖父への訪問を頼み込んだ。その後ようやく留学の手続きが進展。アレキサンダーさんはトビリシの大学を卒業後、無事、広

島大に留学した。(『バズった外交官「私は広島人」　恩人の存在、そして
非核の願い』「中国新聞」2021年3月6日付より抜粋)

「広島大の教授」という方に祖父と一緒に会ったことを父は今でも覚えて
いるという。しかし、そのとき、日出づる国日本で、その後、家族が長い
関わりを持つことになるということまでは、若すぎる彼には知る由もな
かった。彼は、徴兵を終え、結婚したばかりの頃で、いかに学を深めて家
庭を安定させるかに必死だったのだ。

　私は、2015年に勤めていた会社を辞めてジョージアに帰国する直前、自
分のルーツを確認するために、角谷先生夫妻の故郷、東広島市西条を訪れ
た（P21右）。先生と話をすることで、私の中で空白となっていた部分が埋
まった気がした。私は、4歳で日本に来たので、日本とのつながりに関し
て確認する機会がそれまでなかったのだ。角谷先生と話すことができたこ
とは、私にとって貴重な情報を得ることができただけではなく、子どもだっ
たがために直接的な関わりがあまりなかった角谷先生との絆が確認できた
点でも大きな意義があったと感じる。

二つ目の奇跡

　だが、そのとき私はもう一つの大切な偶然についても話を聞かされることになった。それは、私にまた別の意味で衝撃をもたらした。それは1945年の8月6日の話だった。この二つ目の偶然に関しても広島県出身の記者がうまくまとめていてくれたため紹介したい。

　　角谷先生は当時、旧制広島一中（現・県立国泰寺高校）の2年生だったのですが、8月6日は学校がたまたまお休みで自宅にいたため、原爆の直撃を逃れたのです。

　　1週間後に学校に向かうため市中心部に入り、広島の惨状を見た、と話されました。

　　角谷さんら広島一中の2年生は当時、広島周辺の軍需工場に勤労動員されていた。

　　朝日新聞社の被爆証言サイトに掲載された同級生の証言によると、8月5日に「翌6日は広島・土橋地区の建物疎開（家屋を取り壊して防火帯をつくる作業）に従事せよ」という命令が出た。

　　しかし、日曜（5日）も動員されていたことなどから2年生が疲れていると感じた担当教員が抵抗し、「8月6日は自宅修練（＝休み）とする」と決めた。このため2年生は8月6日、勤労動員に向かわずに済んだ。角谷さんは爆心地から離れた郊外の自宅におり、無事だった。

　　土橋は爆心地から約800メートル。角谷さんが屋外で建物の取

り壊し作業を始めていたか、その現場に向かう途中だったとすれば、原爆で生命を奪われていた可能性が高い。

　土橋での建物疎開に予定通り向かった3年生約40人は、全員が亡くなったという。

　広島一中全体では、生徒と教職員ら約370人が原爆で亡くなった。

　そして、一中の生徒らを含め約6000人が犠牲となった防火帯は戦後、広島の復興のシンボルの一つ「平和大通り」となった。

（『「僕は広島で育った広島人」ロシアに侵略された国の大使が考える核兵器のこと』BuzzFeed 2022年8月5日より抜粋）

　それまでぼんやりとしかイメージできていなかった原爆（被曝）というものが、この話を機に、一瞬にして自分の身近な要素の一つとして、現実味を帯びた感覚があった。そうなると、その想像は何倍も恐ろしくなった。

　以降、「偶然、一命をとりとめた方の、その後の偶然の巡り合わせによって日本にいる」という考えが一種のお守りのように、私の心に染み付いた。

　私は人生の中で、参考にしているいくつかの哲学がある。それは、人間は運命の前では無力である、ということだ。人生は自分を遥かに超える力によって定められていると信じている。私が自分と広島とのつながりを、自分ではコントロールできなかったことがいい例だ。定められた運命の中で、できる限り努力していくことによって、唯一このような力に呼応することができると私は信じている。

　角谷先生について、月日が経ってしまったら、何事もそうであるように、私の子供たちは忘れてしまうのだろうか。いや、そんなはずはない。なぜ

なら、角谷先生の優しさは私たちと日本の関係そのものだからだ。

ジョージア人がやってきた

　広島での生活に関してもう少し触れたい。4歳から8歳まで過ごした、幼少期にあたるその時間は私にとって良い思い出として心に残っている。（P25左〜右）

　その時間が私にとって大切な理由の一つは、家族との絆を深められたからだ。ジョージア人が周りにいない中、家というものは自分たちにとって母国そのものとなった。会う日本の人々にとっては、私たちがジョージアそのものだったに違いない。

　また家族が増えたのも広島だった。先に記したように、弟は僕が7歳のときに角谷先生の病院で生まれた。僕は母と新しく生まれてくる子どもが男か女かをかけた。当時、ゲームをしたりサッカーをしたりすることがとても好きだった。そのため、生まれてくる子どもはそれらが一緒にできる弟がよかった。私は弟にかけた。

　母の出産前後の時期は、父は母のいる病院と家の間を往復していたため、家に一人でいることが多かった。

　ある晩、僕は一人で寝ることになった。翌日、目を覚ますと、布団の横に1000円札が置いてあった。それは母からだと父が言った。それによって、弟が生まれたことが分かった。弟が生まれた出来事は私たちの家族と私の人生を大きく変えることになった。なぜなら、家族が増えたからだけではなく、広島に新しくジョージア人がやってきたからでもあった。

殻から抜けでた言葉

　私は、保育所の友達や近所の友達、そして小学校の友達ともとても仲良く打ち解けることができた。ただし、それは決して最初からスムーズではなかった。私自身が外国人であることを気にしていたのか、あるいは私の性格によるものなのか、私はなかなか日本語で話そうとしなかった。保育所では完全に無口だった。保育所の友人が言っている内容は完全に理解していた。自分の言いたいことも用意できていて、すぐ喉のところまできていた。したがって言葉の理解自体に問題があるわけではなかった。それどころか、小学校に入る前にひらがなさえすでに覚えていた。

　人前で日本語を話そうとしない私を母親は心配した。ゆえに、どこかでそのケリをつけなければならないと思っていたのだろう。
　ある日、遠くから家にお客さんが来ることになった。少し年配の女性の方だった。その人が家に来る前に、私は母親から忠告を受けた。もし、その女性の前で言葉を話さなかったら、お化けが舌を奪っちゃうぞ、と。それが幼い自分にとってすごく怖かった。ただ、そこには恐怖だけではなく、やり遂げなければならない強い使命感を感じたことも覚えている。

私たちは電車でやってきたその女性を最寄りの駅に車で迎えに行った。家に着くまでの間、私はいつ自分に話題が振られるのかと、内心震えながら構えた。母親もそれが念頭にあったのが分かった。

　その瞬間がやってきたのは、私たちの車が踏切で停車したときだった。目の前を通って行く電車を指して、「あれは何？」と私を向いてその女性は尋ねた。その瞬間、時間が止まったのを覚えている。心拍と心拍によって胸が引き裂かれそうになった。そして電車という言葉が頭に浮かんでいながらもそれが本当にそうか不安で、僕は唾を飲み込んだ。そして、「デンシャ」と答えた。私の不安を知らない女性は「偉いね」と爽やかに微笑み、違う話題に移った。その瞬間、まるで地震が起きたが、被害がなく過ぎていくような、安堵を覚えた。

　これが、私が言語の壁を乗り越えたエピソードだ。それまでは、保育所で友達に遊びに誘われてどのキャラクターを選ぶか、という場面で口に出して答えることができず、遊べないまま休み時間が過ぎていった悔しい体験もあった。その一件があってからは、友達とも会話できるようになった。

ヒロヤくんとサチコちゃん

　当時、一番遊んでいた友達はヒロヤくんだ。ヒロヤくんとは保育所が一緒で家もすぐそばだった。僕は団地の5階建てのアパートの4階に住んでいた（P29左）。団地から通りを挟んだ向こう側にあったヒロヤくん家は一軒家だった。趣のある古い民家だった。茶室があったり、骨董品が飾ってあったり、というそういった趣ではないが、生活感が溢れるよい感じだった。ヒロヤくんにはゲームが好きなお姉さんがいた。だから、ゲームを目的に遊びに行って、いつでもゲームができるわけではなかった。いざ、自

分たちがゲーム権を得ると、夢中になって遊んだ。ヒロヤくんのお父さん
も近くにいて、小さな犬が僕たちの周りをキャンキャン鳴いていた。

　ヒロヤくんの家に行きたいときは、いつも自分で電話をかけた。私は当
時広島弁で「ヒロヤくんおる？」とヒロヤくんのお母さんに話した。その
様子が滑稽だったらしく、両親にそのことを何度か思い出話として聞かさ
れた。

　私にとって広島が特別なところであるには、もう一つの理由がある。そ
れは小学校1年生のときに初恋をしたからである。サチコちゃんがそのと
きの相手だった。私は他の人と比べてその女の子に特別な気持ちを抱いた。
好きだという気持ちをそうやって自然と知った。子どもは、好きな女の子
に対して、かえって意地悪をしたい気持ちになる。後から知ったが、それ
によって気を引こうとする本能だという。サチコちゃんが好きだというこ
とは、家でも知られてしまい、何度か家でもサチコちゃんの名前が出て、私
は恥ずかしいような怒りたくなるような気持ちになっていたのが今ではい
い思い出だ。

学校からの呼び出し " 事件 "

　広島では喧嘩もした。私が小学校に入ったばかりのことだった。小学校
は、保育所と比べて決まりごとが多く、制服もあって、これまでよりもオ
フィシャルなところなのだと、一種の真剣さのような心構えを持っていた。
決まりごとの一つが、児童同士は必ず「くん付け、さん付け」で呼ぶこと
だった。先生の言うことを守ろうと子ども心に思っていた。

　ある日、登校中のことだった。同じ班の同級生が、私を呼び捨てした。そ

れに対して、私は強い違和感を覚えた。「くん付け」をしなければならない決まりだったから、それに逆らった同級生がいるということが、信じられなかった。また、先生の言いつけを無視してまで呼び捨てをする行為に、自尊心が傷つけられたような気がした。

先生は、違反した児童がいたときにどう行動するかまでは話していなかった。僕は何回か、「呼び捨てにしないで」と言ったような記憶もある。それにもかかわらず相手はやめなかった。私はどうしたらいいか困惑した。

何も方法は見つからず、ただ、やり過ごしてはならない気持ちでいっぱいだった。ついに、相手の胸を思いっきり押した。相手は驚いて、それっきり黙り込んだ。

後日、私は両親と共に学校に呼び出された。両親は、私が「名前を呼び捨てにされた」という理由で、胸を押すという行為に発展したことに驚いた。それと共に、私が暴力を振るったことを深刻に受け止めた。先生と話し合った後に、実は相手の生徒も来ていると聞かされた。私はその展開をまったく予想していなかった。当然、何か言う準備も、その度胸もなかった。

相手も親と一緒に入ってきて、そこで先生が、私が反省していて謝りたいと伝えた。みんなは、私が謝ることを期待したのだが、私はずっと黙ったままだった。さまざまな感情が体の中を循環したが、その中に、相手と仲直りしたい気持ちもしっかりとあった。しかし、私は一言も口にすることができなかった。ただ、周りがうまく誘導してくれて、その場は、握手をして仲直りする形で終えることができた。

その後、その友達とは、問題なく遊んだ。もちろん呼び捨てにすることは二度となかった。もしかしたら彼の両親は私を変人だと思ったかもしれない。今となって考えると私の反応は大袈裟だと思う。子供の心は、感情の渦だ。だから、それに耳を当てて聞く必要がある、と今では思う。

　私は、そのときの友人に、謝りたい。私の記憶に残っているということ
は、相手だってそれを覚えていてもおかしくない。もちろん早いほうがよ
かったが、謝るなら今だって遅くはないと思う。

　一方で、呼び捨てにされることは、いまだに慣れない。打ち解けた証（あかし）に
名前を呼び捨てにしてくる人がたまにいるが、そうと分かっていても受け
入れられない。私はまっすぐな性格のせいか、相手に合わせるのが苦手で
行動にそれが出てしまう。そうかと言って、相手に直接伝えるには臆病だ。
気にしすぎることはない、と自分に言い聞かせるが、なかなか切り替えが
難しい。成長するにつれて何もかも変化（へんげ）していく中で、子供の頃から変わ
らないものとして、そうした性格にも愛着を感じないわけでもない。

　その後、父は、広島大学で博士号を取得した。そして私たち家族はジョー
ジアに帰ることになった。広島で過ごした期間は私が4歳から8歳の間と
いうことになる。広島時代は、そこにたどり着くことになった経緯やその
背景と多感な幼少期という点から、私の人生において多大なる影響をもた
らした。

大使の食レポ①

「初の軟骨ソーキそば。」

　シンプルでありながら、味に伸びがあり、計画的な楽しみ方ができる巧みに設計された逸品です。見た目はシンプルだが、それがお肉などひとつひとつの要素に「こだわっている」姿に映って、食べる側も自信がでます。ぱらりとふりかかった刻み生姜が華やかなアクセントを与え、また途中で泡盛漬けとうがらしを少し加えると味が一段と深まっていく変化を楽しみます。

　ごはん「じゅーしー」はそばと引けを取らない一品。そばとは違った旨みがあり「二度美味しい」とはまさにこのことです。食材をスマートに切り盛りする印象です。

　例えばどんなに良いラーメンでも、食べてからしばらくは間を置きたいと思うことはあるだろう。グルメをめぐっているうちに、記憶が薄れてしまうお店もある。しかし、ここはおいしい基礎を確認するためにと言うべく、定期的に帰ってきたいと思える伝統にも根ざしたお店です。

・三枚肉そば
・軟骨ソーキそば

　お昼のメニューは主にこの２つ。あなたならどちらを選びますか？

（2023 / 8 / 28）

第 2 章

自我を形成するまでの長い道のり

小学校で過ごした三つの文化圏

　父の博士号取得により、日本を離れることになった。母国ジョージアに戻ったのである。小学2、3年はジョージアで過ごした。その後、4、5年の途中までアメリカ（P33左〜右）、5年の途中から6年までが日本ということになる。

　人間の成長にとって大事なこの期間に言語も文化も違う三つの国で過ごしたというのは一つの試練になった。ようやくできた友達とも別れ、またようやくついていけるようになった勉強もリセットされるのである。この引っ越しの連鎖にはいつのまにか慣れていた。それどころか様々な環境に適応する能力が自分についた、と自覚するようにもなった。さらに、いろんなバックグラウンドの人と会うことができたというのは私にとって糧になった。

　ただその後、自分のアイデンティティーを確立するのには時間がかかった。自分が何者かがわからなくなってしまい、所属意識がつかめず迷走したのだ。文化圏をまたぐこのような引っ越しを繰り返す中で、苦手意識が生まれたとしたら、それは何を隠そうか歴史の教科だ。例えば算数はどの国に行ってもある程度一貫性のあるものであったが、歴史だけはそれぞれの国、ベース、バックグラウンドがあり、それぞれの地域について学ぶものだった。だからこそ私の中で歴史だけはどうもうまくつなぎ合わせることができず苦手科目となっていった。

　もっともテストのことだけを言うと私は決して成績が悪かったわけではなく、好成績さえとったことも何度もあった。ただ、それはあくまでテストというものにだけフォーカスした記憶であり、その知識というものは記号同然だった。要するに歴史だけは、私の中で常に消化不良であり、歴史

的な流れというものの感覚がつかめない。一方で、それは、過去を把握するより、常に先を見つめようとする自分の意識につながったのかもしれない。

　私は小学5年の夏休みにアメリカから日本に戻ってきた。両親は、私の日本との関わりが途切れないようにと、アメリカでも土曜日の日本語学校に通わせた。そのおかげで私は日本とのつながりを保ち、幸い言葉もかろうじて忘れなかった。なので、小学5年で日本に再来日したときにはなんとか日本語で会話が出来るぐらいの能力を保つことができた。

　日本に着いて、新しく住む家が決まり、その後学校も決まった。ただ夏休みが1ヶ月ほどあり私は授業が始まるのを待っていて、母親はそのとき何度となく私に休みの間も勉強するように言った。私はどうせ新学期が始まると日本の教育は厳しいため、おのずと勉強しなければならなくなるから、今は勉強をしなくてもいいんじゃないのかと言って怠けたのを覚えている。不思議だ。無性にそのときに戻りたい。

　授業が始まると、私が週一で通っていたアメリカの日本語学校での勉強が、すぐに日本の小学校の勉強に馴染めるほど十分であるはずがなかったことに気付かされた。私は一般の授業に加えて日本語の補習を受けることになった。

　アメリカの教育は、遊びの要素が競争とうまく組み込まれていて楽しかった。アメリカに着いた頃はまったく授業についていけなかったが、み

るみる成績が伸びてスペルを競う授業で入賞して本をもらったり、成績上位者だけが参加できるピザパーティーに参加したりすることができた。そうやってようやく成績が安定するようになったところで、また日本に引っ越すことになった。当時は、せっかく慣れた環境から離れることに対して不満を感じることもなく、以前から関わりのあった日本に行くことに多少なりとも楽しみを感じた。

　日本の小学校では得意科目を伸ばしつつ、その他の科目は追いつこうと努めた。それでも最も精を出したのは友達作りだった。グラウンドでもよく遊んだのはよい思い出だ。

中学入学

　あっという間に中学生になり（**P37左〜右**）、私はそこで大きな壁にぶつかることになった。なぜなら中学入学後の初めてのテストで成績順位が知らされる仕組みとなっていたからだ。そのとき自分が周りから大幅に学習レベルが遅れていたという感覚は特になかった。しかしながら確固たる自信があったというわけでも当然ない。

　テストの成績は、126人中121位だった。成績表を親に見せ、判子を押してもらわなければならなかった。私は数日その成績表をカバンの中に温めた。父に見せるのが怖かったからだ。父は科学者だけあって学問には厳しかった。部活から帰ってもすぐに家に入れなかった。とは言っても、見せなければならないという事実からは逃れるわけにはいかなかった。

　その後、勇気を振り絞って、両親にその成績表を見せた。このような状況に置かれていないすべての生徒を私はうらやましく思った。予期していたように、家の中は重くるしい空気に包まれた。あってはならない事が起

きた、そんな受け止め方をされた。しかし、私は成績表を見せたことによって、多少なりとも気持ちが楽になった。親に見せたことによって、頑張れば良くなる、というような気持ちが生まれたのではないかと思う。"ことを明らかにする"ということは、解決に導く第一歩だったりする。悪いことを明るみにするに越したことはない、と私は思う。

その後、私は勉学に励み、学年での順位も徐々に上げていった。やはり英語や数学、理科など得意分野で点数を稼いだ。科学は自分にとって小さい頃から縁のあるものだったから、それなりに「ネイティブ」のような意識があった。日本語や歴史に関しては、足を引っ張らないようにと平均点に近づけた。

次のテストでは90位台になった。そこで父は私が順位を上げたことに安心したのか、このまま続けるようにと私を励ました。引っ越しを繰り返したことによって私が多少なりとも苦労している、勉強でも遅れをとっていることをそのとき父も初めて理解したのではないだろうかと今では思う。順位はその後も徐々に上がっていった。そのたびに自信もついたし、親の機嫌も良くなっていったのを感じた。結局、1年の冬ごろには26位まで上がり、私もどんどん自信がついてとても心地よかった。両親にとってそれは格別の喜びだったのではないかと思う。私も親になり、何年も経ってからわかることだってある。

思春期とジョージア

中学では仲間とハンドボール部を立ち上げ、強豪校になるほど熱中した。そのことは父が2019年、私を主人公にして『手中のハンドボール』(牧歌舎)に青春小説を書き上げたので、書籍を紹介して先に進もう。

その後、高校受験を経験し、隣町の高校に入学した。当時家族で暮らしていたのは、研究や科学が盛んな茨城県つくば市だ。友達も多くが科学者の子供だった。どちらかというと国際的な街だった。しかしそれでも外国人はクラスに1人いるかいないかという程度だった。

　私が人生の中で大きな転換点を迎えたのは高校2年生のときだった。高校は多感な時期である。思春期というのはすさまじい事態である。もちろん恋だってした。片思いだ。交際することだけでなく、片想いだって恋の類いには他ならないと私は思う。その頃の恋というのは……。恋愛は、あるいはその嵐のような心の渦は、誰だって経験してきたことではないだろうか。あえて、自分がここで話す必要もないだろう。そして十人十色だ。だから、ここでは先に進もう。

　私はちょうどその頃になってジョージアについて考えるようになった。言葉では説明できない、自分自身に何か重要なことが欠けていて、どこか不愉快な、どこかしっくりこない感覚があった。その頃、ジョージア人が来日すると、両親が進んで歓待した（P41中）。彼らも、その頃の日本では、我が家ぐらいしか頼れるジョージア人がいなかった。おのずと私たちにつながり、私たちを頼りにした。私は、両親がそこまで彼らを優先することが不思議だった。そのような出来事は思春期の私の心の荒れを一向にほぐすことはなかった。

　ちょうどそのとき私は夏休みで、親と一緒に久しぶりにジョージアに帰った。4年ぶりぐらいの帰国だった。その夏休みに何があったかをお伝えしたい。

　親の友人たちは、私たち家族を家庭やレストランに招いてくれて、私は多くのジョージアの人たちと触れ合った。いま振り返ると、長い間外国にいた私たちに、ジョージアがどんなところかを教えようとすると共に、彼らの愛情を示そうとする行為だったのではないだろうか。当時、私は高校

生でそこまで考えることはできなかったが、そのときの彼らの温かさは、母国への印象を築く上で、とても重要だったと改めて思う。故郷に対する無償の愛について（彼らとの宴席において、必ず母国に対するさまざまな思いが語られた）、そのような語らいがなければ理解することはできず、おそらく今の自分とは違った姿であっただろう。つまり彼らは、私の人生に大きな影響与えた。ゆえに私は彼らへ感謝の思いが深い。

　不思議なことがある。多くの人は、ジョージア式の宴会である「スプラ」で、故郷への思いを述べる。それらの言葉そのものは、世代も、バックグランドも違う私にとって、直接刺さることはない。しかし、彼らが持つ思いや志は、気付くともなく心に影響するものだ。そんな経験をしたことは、ないだろうか。

　親戚以外にも私に大きな自信を与えた存在がいる。中学生のときからハンドボールに打ち込んでいた私は、ジョージアに帰った夏休みも、ハンドボールのチームの練習に参加した。ジョージアでどのようにハンドボールがプレーされているかを体験したかったからだ。ラグビー連盟の会長をしていた叔父を通してハンドボールチームを紹介してもらい、彼らに混ざって練習をすることになった。細かな技術やプレースタイルといったものが感じられ、大いに刺激となった。しかしそれ以上にプレイヤーの一人一人との交流が何か大きなものを私にもたらした。

　日本から来たということでとても珍しがられ、ちやほやされた。注目の

的となり、そこでさらに多くの交流が生まれ、みんなが温かく受け入れて
くれたことで、私にとって大きな自信になったのである。

　夏休みが終わろうとしていて、日本へ帰る時間が押し寄せていた。その
ときジョージアにもっと長くいたいという思いに駆られた。その一番の決
め手となったのはそこに100％自分の仲間だと言える人たちがいたからだ。
間違いのないように確認しておくと、私には日本にもたくさん友人がいる。
いやむしろ私が友人だといった場合に最初に思いつくのは日本の友達のほ
うだ。しかし私が、ジョージアで感じたのは、またそれとは違った何かで
あったような気がする。ジョージアの仲間と、気の合う日本の友達両方が
いることによって、私の中を友情が満たされているのだと思う。友情が
かけがえのないものであることは長年私が思ってきた、平凡な哲学だ。

　そのようなことがあって、ジョージアがより気になる存在になっていっ
た。そしてとうとう親と相談して、従姉妹が通っていた現地のアメリカン
スクールを受験することになり、ぶじに合格した。

分かれ道

　私は、いったん日本へ帰り、学校関係の手続きを済ませた。ジョージア
で勉強を続けることについて、両親ともう一度よく相談をした。ジョージ
アで生活をはじめることについて、気持ちの準備を進めていった。

　今でもよく覚えているのは、私が親と離れてジョージアに移ることにつ
いて、両親は一度も否定的な意見を言わなかった。もちろん彼らも、子供
が親元を離れることは初めてのことだったから、不安はあったろうと思う。
その不安は私にも伝わるほどだった。しかし、転校に関して否定的な様子
はまったくなく、むしろ私の急な選択を全面的に支持してくれた。

　ジョージアに帰る直前、友人たちが簡単な送別会を開いてくれた。その
うちの友人に『ノルウェイの森』を贈ってもらった。私はそれまで、読ん
だことがなかったが、当時、友人たちは村上春樹にハマりはじめていて、そ
の作品を「これは本当にいいよ」と言ってくれたのを覚えている。そのと
き、『ノルウェイの森』がどのような作品か、さまざまな想像を膨らませた。

　それ以外にも、日本語を忘れないようにと、本を買いに行った。どんな
本を買うかは考えていなかったが、棚を見ていくうちに、芥川龍之介の名
前が何故か目に焼き付いた。文豪であるという印象があった。そして、芥
川の本を何冊か買って、友人にもらった村上春樹の本と共にトランクに入
れた。

　ジョージアではまったく新しい生活を送ることになった。当時1人で住
んでいたおじいちゃんと一緒に住むことになったのも、とても大きな意味
をもった。勉学に励み、そしてハンドボールも精一杯頑張った。ハンドボー
ルで、ジョージア代表のアンダー19とアンダー21の代表チームに選ばれ、
いくつかのヨーロッパ大会にも出場した。**(P41左)**

　日本と環境が大きく違い、現地の友達と感覚が少しずれていたことも
あって、悩む場面も多々あった。もしかしたら私は多くの人以上に人間関
係に敏感なのかもしれない。また、必要以上にストレスを感じ、悩んだり
する。それは今でもなおらない。もしかしたらそれはこれまで自分が1ヶ
所に安定して過ごすことがなく、多くの人たちと接してきたことが原因な
のかもしれないし、もともとの性格のせいなのかもしれない。

アイデンティティーの確立

　私にとってジョージアへの一時帰国が有意義となったのは、ジョージア

に対する理解が深まったことだ。私は学校以外にもジョージア文学の個人教師の元に通った。そこで精力的にジョージアの詩や文学を勉強した。文学は、ジョージアの精神の基礎を成している。生活とも密接につながっていて、日常生活の中でも、しばしば有名な節が引用されることがある。そんなシーンに何度か出くわし、感動を覚えた。詩人をかっこいいと思い、お墓に行ったりもした。

　また、友達で集まったときにジョージアの合唱が始まることもあった。ジョージアには独自の民族衣装もある。その代表的なものの一つがチョハである。私は今では5、6着のチョハを持ち様々な場面で着ることがあるが、初めてチョハを作ってもらったのは、まさにこのときだった。私の国の服である、と言えるものを身にまとうことができたことが誇りに思えた。それが本当に自分のものだと言えたからだ。友達だってそうだ。それは、本当の仲間だと言える存在だ。

　こうして私は自分の言葉、歌、文学、民族衣装と自信を持って言えるものがあることに喜びを感じた。多分自分では気づくこともなく、人間が本来必要としている"栄養"だったのだろうと思う。そうなってくると私はそれまでむしろネガティブに捉えていた自分のジョージアというバックグラウンドを徐々に愛するようになった。私がジョージアに戻った一番の収穫は、まさに自分のアイデンティティーを自分の中に呼び込むことができたことだ。

日本文学の選択

　そのころ私は日本から持ってきていた本も読み進めた。春樹に夢中になり、あっとゆう間に読んでしまい、その不思議な世界に浸った。様々な出

来事の裏に何か関係性を見出そうとする作者の技法に驚かされた。さらに衝撃を受けたのは、芥川龍之介の作品だ。芥川龍之介の作品からは、彼の悩み、文学に対する情熱、人生に対する哲学、儚さなどが等身大に伝わってきて、悩み深い私の心に深く刺さった。芥川龍之介に憧れて彼に心酔し、その後は、インターネットで知った太宰の作品も読んで同じように衝撃を受けた。最終的に私は村上春樹ではなく芥川龍之介を選んだ。ジョージアに帰っていた間、文学の思考という意味でも重要な選択をしたことになった。

　人生の中で重要な分岐点、あるいは分かれ道があることを信じている。このときのジョージアへの帰国は、自分のアイデンティティー確立という意味でも、また、文学の選択という意味でも人生の大きな分かれ道となった。

またしても「日本に戻る」

　私はちょうど高校の最高学年に移る頃だったから、そろそろ自分の進む道を考えなければならなかった。私が通っていた、ジョージアのアメリカンスクールは欧米の大学へ進学ができることが強みだった。だが、私は両親と相談して日本に戻ることを決めた。両親も意外に思ったようで、自分自身としても意外だった。

日本に戻ろうと思ったのは、簡単な理由だった。それは私の日本との関わりや、私の中にある日本的なものを人生で活かしていきたいと考えたからだ。ある意味においてそのときの判断は正しかったと思うし、必然的でもあったかもしれない。

　私は人生の分かれ道に何度も遭遇してきた。その度に、運命に従った。自分の心の声に、自然に。私は、決断するたびにそのような気持ちがある。だから、何もかも、苦労や不合理なものも、自分にとってそれが真の道だったのだと、自分自身を納得させることができる。

　ジョージアで1年過ごしたことで、十分満足したというのもある。それは、その1年の間、ものすごい勢いでジョージアの文化を肌の中に吸収できたからである。日本に帰ってジョージアのことを話すと、「1年でよくこれだけのことを学んだね」と、驚かれたのを覚えている。15歳で親元を離れてジョージアに渡った1年が、人生で最も重要な1年だったかもしれない。

　私にとって「日本に戻る」ということは何度目だろうか。父親の不思議な巡り合わせで日本にたどり着いたことに始まり、その後アメリカに引っ越した後も日本にまた戻ってきて、ジョージアでアメリカンスクールに通って欧米の大学進学を選ばずに日本に戻った。社会人になり、会社勤めを辞めてジョージアに戻ったときは、結婚して子供にも恵まれ、事業はうまくいっていて、正直なところ、ジョージアで身を固めるつもりだった。それにもかかわらず、予期せぬことから、今こうしてまた日本にきている。日本で生活することは、自分の意思によらずにやはり運命という説明でしか成り立たないとさえ思うことがある。

　私はジョージアに戻る前にいたつくばの隣町の進学校に戻ることになった。学校側にはとてもお世話になった。感謝したい。なぜなら、ジョージアでの単位が認められ、当時の同級生と遅れをとることなくクラスに合流

することができたからだ。私は人生で何度も、何度も救われたことがある。これもそのうちの一つだ。私の向こうでの単位を認めなければならない制度は学校側にはなかったし、丸一年、日本での教育が抜けていたから、いくらでも1学年下に私を置くことはできたはずだ。大事を取れば、きっとその判断の方が無難だったとも思う。しかし、そうではなく、私の希望通りにしてくれた。別の道に進んでいたら、私の人生は大幅に変わっていたのではないかと思う。

　私はこのときに一つ決断しなければならなかった。文系を選ぶか理系を選ぶかだ。日本の高校の多くが進路に合わせて文系か理系を選ぶ。私は、そのとき、いわば家族の伝統であった理系ではなく、文系を選んだ。芥川の影響が強かったが、この場合はそれよりも自分はもっと人と関わる仕事がしたいというのが率直な決め手だった。理系に進んでいたら、どんな仕事に携わっていたのだろうか、と考えることもある。

大学受験

　大学受験のシーズンはあっという間にやってきた。このようにつらつら話していると、何もかもスムーズに進んでいるように聞こえるかもしれないが、たくさんの葛藤もあった。

　大学への進学も決して前向きには捉えられなかった。受験シーズンはやけに長かったように思えた。そして受験日が近づけば近づくほど、やる気が失せていったのをはっきりと覚えている。まったく意欲が湧かなかったし、それを目標として見ることがなかなかできなかった。

　入試は出だしからつまずいた。公立大学進学の道はなくなり、時期も過ぎて受験できる私立大学も、ほとんどがなくなっていった。浪人生活を送

ることになるギリギリのところまで来ていた。焦って願書を買いに行っても、もうほとんどが手遅れで入手もできなかった。落ち込んで友達に相談すると、その友人はすでに進学先が決まっていて、もう使わないからと私立大学の願書を譲ってくれた。彼の用意周到ぶりに私は驚いた。彼は有名大学の願書は一通り持っていて、10校以上受験したということだった。私は私立大学の受験はたった1校もできていなかった。

　そのときもらった願書は青山学院大学の法学部だった。他校と比べて英語の配分が大きく、アメリカでの生活を経て英語は常にトップレベルの成績だったから多少自信もあった。受験当日も英語の感触はよかった。他の科目も、割と自由に選べて、他に国語と数学を選んだ記憶がある。国語で点数を落としたが、それは英語で十分カバーできていた感覚があった。

　合格発表の当日は、自信がない不安からというよりは、その1校しか当てがなかったことから私はソワソワした。自分の出来が絶対的な形で評価されることは、誰であれ、緊張でドキドキするのではないだろうか。ましてや、それが自分のその後の進路を決めるともなれば。しかし、私は人生においてそのように、将来が決まる場面というのが最高に好きだった。その後の生活の想像を掻き立てるから。合格をもらい、私はその後まもなく、神奈川県に一人暮らしをする学生になった。

早稲田はどこに行った？

　大学に入ってからは友達もできたしハンドボール部にも入り、また法学部だったことから法律の世界の面白さのようなものにも触れた。何か問題があるわけではなかった。しかし、同時に高校時代からあった早稲田に対する憧れは、心の隅に残っていた。そのせいでなんとなくむずむずした気

持ちがあった。もちろんその感覚は自分でもなんとなくしか感じなかった
し、それが周りの友達には伝わっていなかったと思う。

　真剣に転学を考えているわけではなかったが、他大学への転入を調べは
じめるようになった。それと同時に親にも機会があれば転学したいと伝え
た。たとえそれが現実味を帯びる前だったとしても、高い入学金や授業料
を既に納めている手前、申し訳ない気持ちが多少なりともあった。青学に
合格が決まったときに両親は大いに喜んでくれたし、順風満帆に進んでい
るように見えたと思う。だが私がある日、早稲田大学に９月入学の制度が
あることを知り両親に受験をしたいということを伝えると、両親は私の意
思を尊重してくれた。

　できたばかりだった早稲田大学国際教養学部に入学することができた。
私のような国際色豊かな学生を積極的に入学させていたのかもしれない。
AO入試にはどちらかと言えば向いている方だったのではないかと思う。
私は最近まで学問だけが世の中の評価対象で、コミュニケーション能力や
人間関係というものはあくまで二の次だというふうに軽視してきた。今で
も実務や知識を優先する実力主義的な考えに傾倒しがちだが、人間の存在
感や人柄といった、合理性に対して言えば、人文的な面がいかに大事かと
いうのは、日頃の仕事を通して理解できるようになり、大学や会社がその
ようなものを重視するのも理解できるようになった。

　二次試験の面接では自分にしては経験や思いを素直に語れた気がした。

また、大学からも新しい学部をこれからどのようにしていきたいかという考えを聞き、共有できた。学部側もこれから発展しようという印象が見られ、私はなおさらそのような大学の一員になりたいという思いが強くなった。

　合格となり、とてもうれしかったし、両親も心から喜んでくれた。すぐに新しい生活に切り替えるための準備をはじめた。一方で通っていた大学の友達と別れる覚悟もつけなければならなかった。そう、ここまで、読んでくれた読者であれば、おそらく私が幼少期から数えて、どれだけの友人たちと出会っては別れるということを繰り返してきたか、わかるはずだろう。私は、一人一人の友人と今でも繋がりがあると言ったら、残念だが嘘になる。しかし私は、一人一人との友情という財産を、これまでの人生の柱として支えにしてきたつもりだ。「旅は道連れ世は情け」というように、しばしば友情には人生を楽にしてもらった。

和敬塾、高野、そして私と高野の関係

　早稲田大学生活は想像していたものとは裏腹に意外とエキサイティングなものではなかった。あるいは私がどのような環境に置かれようとその物事に対してワクワクしたり、興奮したりする性質がそもそも自分の中にないのかもしれない。かといって、もちろん単に冴えない生活と片付けられるようなものでもなかった。早稲田というところは、それぞれの個性を引き立てて、その人に良い具合のチャレンジを与え、精神を育てる力があると私は信じている。その地には、夏目漱石（漱石は生後と晩年を現新宿区の喜久井町あたりで過ごした）が住んでいたし、村上春樹も早稲田に途中まで通った。私は村上春樹も住んでいた和敬塾という寮に下宿することになり、そ

こでの生活は私に大きな刺激をもたらした。

　和敬塾は、知る人ぞ知る『ノルウェイの森』のモデルとも言われことがあり、大学、出身地、国籍の異なる男子学生が共同生活を行うことで知られている。**（P49左：和敬塾提供，中：寮を訪問）**

　私が和敬塾に入りたいと思ったのは、早稲田大学の近くにあって早稲田の多くの学生、他大学の学生が下宿する伝統のある寮だったからだ。村上春樹が住んでいたということも私にとっては憧れにつながった。特に大使になってから様々な人たちと会っていく中で、その人が早稲田出身、和敬塾出身だということを聞く場面に何度も出くわした。おのずと共通の話題などができて、それによって一種の信頼が築かれた。挙げればキリがないほど、多くの著名人も下宿していた。早稲田大学や和敬塾のつながりというのは、自分に恩恵をもたらしたことだけは言えるだろう。

　和敬塾で高野という男と出会った。私は文学に没頭してからというもの、作家同士が交流し互いに刺激し合うストーリーに憧れた。そんなものが自分にも訪れるのではないかと期待して、それが作家になるための糧になるのではないかと考えてきた。結局そのような理想のような話は訪れず、いつしか作家になるという夢は、私が走るメインの道の側道にいったん置いてきてしまっていた。しかし後から考えると自分の高野との出会いは、例えば芥川と志賀直哉の出会いのように、夢のあるものだったのではないかと振り返ることができる。

　私は一つ学んだことがある。縁というのは、はじめは自分では気付かないということだ。さらに発見したことがある。それは、完璧なものはその工程やその中に、多くの不完全ささえ携えているということだ。

　高野との出会いは、まさに物語に出てくる夢のようなものだったと今では思う。和敬塾には、「部屋廻り」という伝統があって新入生が先輩の部屋を訪れて、独特の自己紹介をする。和敬塾には良い伝統も悪い伝統もあり、

それはしばしば見直されたり議論の対象になったりする。私は入塾する際に寮の決まりが書かれた栞を渡された。そこは一般常識なような規範がいくつか書かれていたが、その中で異色なものがあった。それは寮でゴルフをやってはいけない、麻雀をやってはいけないということだった。なぜそれがそこに書かれていたかはわからないが、きっと何かの理由があったのだろうと思う。私はその規範を読んだときに、なんとなくその寮がとても特色のあるものだと感じた。その項は、その象徴のようなものだった。

「部屋廻り」という風習もしばしば議論の対象になった。多くの先輩は絶叫で自己紹介をするように求める。普通の自己紹介ではないことを言っておかなければならない。ドアを開けるスピードや目線など、一つ一つの動作が決められていて、先輩は新入生を厳しい目で迎えることが多い。ちょっとしたところで作法を間違えてしまうと、しばしばやり直しになる。それが新入生にとっては大きなプレッシャーとなる。だが、部屋廻りのみならず様々な風習が見直されて、どんどんその文化が変わっていくところも特徴だった。

そのときに経験した「大きな声で挨拶する」などの風習が、時代時代でガラッと変わってしまう不安定さがあっては、やはり良くない気がする反面、常に時代にあった形で文化が変化していくことも和敬塾の醍醐味でもある。久しぶりに寮に行くと、大きな声で挨拶する風習はすっかりなくなっていたことにがっかりすると共に、最近の若者がそんなことを求めていないのだということを感じさせられた。和敬塾には大きな湯船があり、また食堂がある。そこを中心に寮生のみんなが、同じ釜の飯を食べて、裸の付き合いをする。道場があり、グランドがあり、体育祭や塾祭もある。日本ならではの共同生活を学ぶためには、これ以上ふさわしいところはないと心から思う。

高野も和敬塾の学生の1人だった。しかし彼はどちらかというと寮生活

に順応していた方では無かった。むしろ彼は寮の行事にほとんどと言って
いいほど参加していなかった。彼は周りに流されるタイプの人間ではない
ということは最初からはっきりしていた。

　私と高野の出会いは、まさにその部屋廻りにはじまった。彼は他の学生
と同様、私の部屋に挨拶にやってきた。私は彼に対して最初から好感を持
ち、形式的なことは抜きに普通に話しをしようと言ったのを覚えている。

　高野は、親が厳しい家庭だったようで家にはテレビもなかった。東大を
落ちて、浪人して 2 年目も東大を受けたが、再び落ちたことで早稲田に進
学することを決めたという。親の厳しい教育に吹っ切れたようで大学は
もっと自由にいろんなことをやりたいというようなことを私に言った。

　私は彼に芥川龍之介が好きだということを言った。その頃は芥川に没頭
していて、私にとって芥川という存在はとても大きいものだった。話の続
きは和敬塾の近くにあった松尾芭蕉ゆかりの地である芭蕉庵に行こうと私
は提案した。関口芭蕉庵はこぢんまりとした小さな庭園で、奥行きのある
風情のある場所だった。私は近くに日本ならではの庭園を発見して以降、た
びたび行くようになっていた。中は静かで、周りからの音を遮っていた。

　高野は芭蕉庵を紹介したことをとても喜んでいて、私との信頼関係も生
まれ、特別な関係が築けた気がした。そこで芥川の話や文学の話を心おき
なくすることができた。数時間は過ぎていたのではないかと思う。

　その翌日、高野は私に、岩波文庫のラ・ロシュフコーの箴言集をプレゼ

ントしてくれた。彼にとって重要な本だということだった。私はこのような関係を持てる友達を心から嬉しいと思えた。

　高野との出会いに関してはここで区切ろうと、私は思う。読者の中には、もしかしたら高野が今何をしているかと言うことが気になる人もいるのではないかと思う。というより、高野の話を10年前で終わりにするのは不自然だし、申し訳ない気がする。

　漢文学に関心の高かった高野はその後、それをさらに追求しようと、当分野の名門と言われるカナダ・バンクーバーのブリティッシュコロンビア大学（UBC）の大学院に奨学生として行くことになった。つまり、学問の道に進んだ。彼には祖先が満州に関わっていた歴史があったことから中国に対して特別な思いを持っていた。昔から、大学の夏休みは中国の各地をめぐっては中国語を勉強するぐらいだった。今では、中国出身の女性と結婚して、子供も産まれて、研究をしながら円満な生活を送っている。その様子をたまに電話で教えてくれる。

　当時私は、最初に高野からバンクーバーに行くと聞いたときは、「バンクーバー⁉」と思った。なぜなら私も大学3年生のとき、交換留学で1年間同じUBCで学んだ経験があるからだ。バンクーバーというのは、私にとっても特別なところだった。そのため高野からバンクーバーに行くと聞いたとき、高野もバンクーバーに行くのか！と思ったのだ。高野が私に向き合って「バンクーバーに行くんだ」と言ったときのことを思い出すと、二人の様子は、まるで向かい合わせた鏡と鏡の間に発生する無限の世界を見ているようだった。

　2022年の和敬塾の入塾式では私が講演をさせてもらった。そんな形でまた和敬塾に来て、和敬とその後輩たちの変化に気付くことになるとは、誰が想像していただろうか。

加藤先生

　私の大学時代の一番大きな財産は教授であった加藤典洋先生（文芸評論家）との出会いだ。ちなみに負の遺産はというと恋愛だ。恋愛にはとことん失敗した。

　加藤先生は、『敗戦後論』や村上春樹の著作などでも有名な文芸評論家だ。私は文学に興味があり、在籍していた国際教養学部には、幅広い科目の中で文学に関する授業もあり、いくつか受講した。だが、その中でも加藤先生が最も印象に残った。加藤先生は、文学に対して「熱血」だった。のみならず生徒に対して、心から接してくれる先生だった。

　私は先生と何度か一対一で話したことがあった。先生は私に、これは他の人にあまり語らないことなのだがと、いくつかの身の上話を打ち明けてくれた。先生は人並み以上に苦しい体験をしていた。先生の優しさは、そのような体験があったことも影響しているのだろうと思う。強い人間は、苦しい経験を乗り越えるとそれが優しさとして現れるのだ。苦しい経験を乗り越えられなかったり、それに折れてしまったりした場合、残念ながら人間は辛辣になったり、人に対して毒を吐いたり攻撃的になったりすることがあると思う。しかし、私は後者を決して責めたりしたいがためにこれを言っているわけではない。それはそれで、可哀相なことなのだから。

　加藤先生は、私の文学に対する信念のようなものに大きな自信を与えてくれた。私は、仕事に関しては、ダメ出しをされた方がなにくそっと思って力を発揮するタイプだが、文章においてはまったく逆だった。自分の文章を褒められることは何よりも嬉しく、書き進めるための糧になる。文章を褒められると、自身の中で何かが花を開く気持ちになるのだ。

　加藤先生の授業の中で、自己紹介の作文を書く課題があった。私が作成

した文章はこちらだ。

「テムカ」

　私の名前はレジャバ・ティムラズです。愛称は「テムカ」で子供のころからこの名前で呼ばれています。皆さんもそう読んで下さい。グルジアという国から来たのですが、日本に十二年以上住んでいるため日本人とほぼ同じ程度に日本語が話せます。どうぞよろしくお願いします。

　二〇〇七年青山学院大学法学部に入学。九月入試において国際教養学部の合格が決まったため三ヶ月で退学し早稲田大学に入学。ハンドボール部に入部するも勉強との両立が図れず（先輩のユニフォームをドライヤーで乾かす際、誤って焦がしてしまったことも影響しているか）三ヶ月で退部。翌年の四月より大学公認サークル「早稲田文芸会」に入会。同時期にしゃぶしゃぶ屋でアルバイトを始める。このころから和敬塾（村上春樹も住んでいた寮）の新歓行事にも参加する（新入生二人を部屋廻りの準備不足で泣かせる）ようになり生活全体が充実するようになる。「辞める」ことが特技のせいか、しゃぶしゃぶ屋も店長とケンカし三カ月で辞める（シフト表を空白で出す）。同年末には、集団生活に思いを残すことは体育祭の他はない、と言って和敬も辞める。和敬塾での生活は彼の日本文化への理解に多大なる影響を与えた。その後実家のつくば市に戻り家族と暮らし現在にいたる。

　前文化祭の部誌に発表された酒井の『濁りと名残り』を読み感激する。昨年の六月に見たグルジア映画『歌うつぐみがおりまし

た』はその後三〇回も観るほど心に響いて今では人生の目標となっている。

　極端に気短か者。極端に飽きっぽい。文学だけはいまだ飽きていない。極度な懐疑主義者。極めてさびしがり屋。友達好き。友達といるときは自信を持ち、いないときは下を向いている。子ども好き。無類の甘いもの好き。

文章に添えられた加藤先生の評がこれだ。

　評価は「A○」
　オレはこういう文が好きだ。いい日本語だね。特にA　いい。

もう一つおまけに、先生から高評価を受けた文章を載せておきたい。

「友達と雨一滴」
　この前、雨の強かった日曜日のことである。
　中学からの友達が、今家の前にいるからと電話してきた。僕は家を降りて彼の車に乗ったが、そのわずかな時間だけでも十分濡れた。助手席には高校の頃の友達もいた。
　三人の共通の友達のバイト先である近所のデパートに遊びに

行った。彼は『香港麺粥専門店』という店で働いていた。そこに着くなり、普段の交友関係と同様彼を冷やかした。『○○（彼の名前）麺美味しいですよ』などと、目立ちすぎない程度に叫んだ。僕たちがもう少し幼かったらもっと大げさにやっていただろう。友達二人は麺物を、僕は家で食べてきたためソフトクリームを注文した。

　食べ終わるとバイト中の彼に挨拶し車の方に向かった。高校の友達は少し離れて住んでおり、先に降ろすことにした。そのため今度は僕が助手席に座った。立体駐車場を降りると雨は激しくなっていた。友達の気荒らでナーヴァスな生活は、廃車寸前の車の運転にも良く表れていた。いざ助手席に座ると、悪天の中のその運転は怖かった。だが心配してはいけないと思い、気を紛らわすため彼の自慢のi pod touchを手に取った。適当な音楽を車内に流した。そしてその中のゲームで遊び始めた。友達二人は音楽の話を始めた。僕は趣味でないため音楽の話になるといつも黙っていた。

　友達の家にも近づいていた。道はくねくねしていて雨はやはり強かった。音楽の解説をしていた彼はやや興奮気味だった。僕は落ち着かず両面から目を離し何度か前方を確認した。彼の場合、いつ事故にあってもおかしくない（演技でもない）。だから僕の母親も彼が免許を取ると、「乗るな」と注意した。

　彼が突然、「それくそゲーだよ」と僕のほうを一瞬向き言った。僕は「マジで」と答えた。その瞬間彼のi podに一滴の液体がついた。本当に今日は雨が強いな、と僕は呟きそうになったがやめ

た。なぜならば閉ざされた車体に雨が入ってくるはずがなかったからだ。とっさに画面を拭いた。彼は正面を向いており、後ろの友達と話しながら運転を続けていた。

　書けないでいると友達に救われることがたまにある。

加藤先生から以下の評価をいただいた。

a○
　文章が甘い。味がする。
　最後もいい。
　ディティール、いい。
　笑った。
　テムカ、いい。
　一滴何だったんだ、ところで？
　クソゲーか？

　私は、小さい頃から、自分の個性を発揮することがなんとなく自分の存在の証明につながっていると思ってきた。だから私は、この文章が加藤先生に誉められたことを誇りに思い、喜んだ。(P57左)
　私は、1年の留学でバンクーバーから帰国後、4年生になる頃に高野と再会した。高野は同じ学部とはいえ、なぜか加藤先生を知らなかった。私は高野に加藤先生を紹介した。高野は私から積もるほどの話を聞いていたこ

ともあって、すぐに加藤先生を尊敬する姿勢を示し、加藤先生も高野を受け入れた。

　高野は、加藤先生が募集していたゼミを履修することになった。今でも覚えているが、それは『大菩薩峠』という中里介山の大作に関する授業だった。そのゼミには、高野と確かもう1人か2人しかいなかった。文庫本にして20冊（ちくま文庫）という、そんな壮大な本を学ぶことのおかしさを私は高野と一緒に笑ったのが、はるか昔のことのように感じられて、いい思い出だ。そして、高野は少人数で加藤先生を独占できる贅沢さを喜んでいた。加藤先生を紹介したことについて、高野は度々私に感謝した。そして、私はそのように人と人を有意義につなげられたことを幸せに思う。

　先生の訃報を聞いたのは、結婚して、子供も産まれ、外交官として日本に来ることが決まったばかりの頃だった。本当は、先生に報告できることも山ほどあった。人生はたくさんのことが起きながら躍動的に進むものだ。それは、まるで、愛する人との別れのことを、少しでも考える余地を与えないがために、躍動的なのかもしれない、と考えることさえある。

カナダ留学

　早稲田大学国際教養学部の売りの一つは在籍中に1年間、提携している外国の大学と交換留学ができるということだった。私の場合はもともと外国での生活が長く国籍も日本ではなかったためこのプログラムに参加するのは自由だった。しかし私は、先ほども話したが、留学することを選択した。そしてカナダのブリティッシュコロンビア大学（UBC）に行くことが決定した。

　UBCでの思い出も様々ある（P57中, 右）。ずっと取り組んできたハンド

ボールはバンクーバーでも続けた。といってもバンクーバーではせいぜい週一のペースで練習をする程度に過ぎなかった。

　私はバンクーバーで日本人の大切な友達を作った。その友人はタイチだ。タイチは、沖縄出身の男だった。私はそれまで日本での生活が長かったものの沖縄の人たちと交流したことはまったくなかった。彼と付き合っていくと、沖縄の持っている、人に対する独特な思いやりを感じていくようになり、その都度私は彼との友好を深めた。沖縄の人はとても魅力的だと感じた。また彼らには私がジョージア人の中に感じる性質がうかがえた。彼を通じて私は沖縄にとても興味を持ち、とても親しみを感じるようになった。彼は自分のルーツやアイデンティティーをとても大切にしているように感じた。なぜだか私もそのことを嬉しく思った。彼は自分のことを誰かに紹介するとき、ジャパニーズではなくオキナワンと言った。そのような友達がいることを誇りに思い、自慢でもするように、彼を多くの人に紹介した。

　UBCでは、文学の情熱を深めるためのとても良い場となった。クリエイティブ・ライティングという授業で作った作品は、私がこれまで一番精神を注いで描いた小説だ。それまでジョージア語、日本語で書いたことはあったが、英語での挑戦はそれが初めてだ。私は朝起きると文章を書き、授業から帰ってきたらまた少し書いて、食事をするとまたすぐに続きに取り組んだ。キャンパス内にあったサウナの中にいても構成を考えた。仕上がっ

た作品は事前にみんなに読んでもらい、それぞれが印刷して書評を書いて次の授業で返すシステムだった。自分の書いたものに対して多くの良いコメントがもらえたことを何よりも嬉しく思った。

友人との交流という面でも、また文学的な経験という意味でも、とても充実した1年となった。そして言うまでもなく、カナダの無類の美しい自然は私の心を豊かにし、きらびやかな町はその後の私にとって、いつか住みたい憧れの街として思い出すと共に、どこか痛みさえ伴う思いもある。

バンクーバーの部分は、これで締めていいと思ったが、しかしそれでは読者に何か隠し事をしている気持ちになって落ち着かない。そう、バンクーバーで恋愛がまったくなかったと言ったらこの本はフィクションになってしまう。

バンクーバーに着いた最初の頃は、前から付き合っていた人と別れたことに心を痛めていた。その後向こうで素敵な女性に出会った。私はその人と街を探検したり遊んだりすることが楽しかった。ただその人が女性としてとても魅力的な人だと気づくのが遅かった。私は後悔する一方で、それはそれでよかったとそのあと思うようになった。そして私は日本に帰る直前に自分より何歳も年下の女性と付き合った。それがとても大変だったがそれは、気が向いたらあとで話すかもしれない。

カナダから帰ってきたのは2010年の夏だ。ちょうど4年生になる頃、就職活動から完全に立ち遅れていた。

バンクーバーの留学は、私にとって大きな恩恵をもたらした。それは純粋に環境的な経験だった。新たな環境というのは大いに刺激を与える。バンクーバーではこれまで接することのないタイプの人間たちと接した。そして、彼女・彼らと友達だということを私は誇りに思えた。

私は世の中のキャンパスがどのようなものか、たくさん知っているわけではないが、UBCには惚れ惚れした。そのような自然に囲まれたキャンパ

スは稀だと思う。また、授業でも大いに刺激を受けた。

　こうして見れば、順風満帆のサクセスストーリーに聞こえるが、そこには、まるで悪魔のように私に試練をもたらされることがあった。まるで、そうすべてをうまく運ばせないぞ、とでも言うように。

~~~~~~

Ａ／Ｂという存在

~~~~~~

　私のバンクーバーでの理想的な経験や生活は「変容」させられた。Ａという女性の存在によってである。

　Ａは同級生で、同じタイミングでシアトルの大学に行った。大学に行く前から、喧嘩をすることが多かった。しかし、私たちは、付き合いを解消するという話をどちらも切り出すことはしなかった。離れ離れになってその恋愛が続くと思える材料は何もなかったものの、そのままになっていた。私たちは連絡をせず疎遠になった。私は留学中に、その人とのやりとりで、苦しんでいるということをまったく覚えていない。しかし、親に聞いてみると状況は違った。私はなんでも親に話すほうで、留学中もスカイプでしょっちゅう話をしていた。バンクーバー留学から数年たち、バンクーバーは私にとって、本当に素晴らしい経験となった、などと振り返ったりする。私は実際にそう思っていた。しかし、それを両親と話すたびに、親の反応は違った。そのとき何か矛盾が生じている状況に遭遇するように「あなた、何を言っているの？　今でもあなたが留学中に垂れ流していた不満を私たちは覚えているわ」と言った。不満？　その度に私は疑問を抱いた。それは本当に自分のことか？　と思ったのを覚えている。そして親は続けた。「Ａという女性と別れて辛いという話ばかりをしていたんだもの」と。それは、両親共に口を揃えてそう言うから、間違いはなさそうだ。そして、そう言

われると、私は心当たりがないながら、それに対して何か適当な返事も思いつかず、そこで話をいつもしぼませた。その様子をたとえるなら、開花を迎えず季節が過ぎていく花のようだ。

　バンクーバーでの生活は、9月から新年までの前半は現地の学生たちと交流を深め、授業にも熱心に取り組んだ。そして、年明けからは主に日本人の友人たちと時間を共にした。

　日本人と交流をするようになったのは、新年に小学校の頃からの友人であったKFという友人が遊びに来た影響が強かった。KFは同じ早稲田だった。彼は商学部に在籍していて、オレゴンに1年間留学していた。私は彼ほど才能がある人にこれまで出会ったことがない。KFが新年にバンクーバーに来た事は私にとって大きなインパクトだった。それまでバンクーバーは私にとってアウェイ状態だったのに、彼が来たことによって一気にホームに転じた気持ちになった。彼という友人がいることで自分自身が証明できた気がして、自信を持った私はバンクーバーにいる日本人たちと次々と交流を深めた。周りからもすごく注目を浴びて一躍噂が立ったくらいだ。

　KFは1週間ほどの滞在でバンクーバーを去って、オレゴンに帰った。彼と過ごした1週間で私には多くの出会いがあった。——という事は当然生活に大きな変化が生まれることになったのだ。そしてその中で最も大きなものはBという女性との出会いだった。

　Bとは、他の日本人と一緒に訪れたカフェで出会った。知り合いの日本人とBが一緒にいた。私は彼女たちに挨拶をした。とはいうものの、私は何もそこでBのことのみに気を向けたわけではなく、そこにいた私の友人と弾けるような冗談話を数分続けた。その中で、Bのことも紹介された程度だった。彼女はUBCに通う学生ではなく、現地の学校に通っているということだった。

　私は知らず知らずのうちにそのBと会うようになっていた。あるときには
さらにこの人と付き合ってみたいという気持ちが加わった。

　成就しない恋愛は、まるで存在しない「＋」か「−」の端子に反応して
くっつくようなものだ。それは「＋'」とでも表すべきなのだろうと思う。
私のBとの恋愛は、カラカラになるまで枯れて、保存された標本のようだっ
た。

　これ以上、Bとのことは説明ができない。なぜなら、彼女との関係に関
して、自分でもうまく解釈ができていないからだ。それが、解釈できてい
れば、私は彼女と付き合っていなかっただろう。そんな論理が成り立つ気
がする。

　恋愛は盲目である。それは言うまでもない。絶対に実らない恋をしてい
る人を横から見ると他人はわかるが、恋愛をしている本人には一向にわか
らない。だから人の気持ちというものは説得してどうかなるものでもない
ことがある。

　私はこのBという女性に振り回されてどん底に落ちているときに『カル
メン』を観た。カルメンはまさに道を過ぎるほど女性に没頭してしまう男
の話だ。主人公の男がすべての選択肢を失い最後にはカルメンを殺害する
ストーリーはあまりに有名だ。恋愛の過酷さを表現していることは歴然で、
また、曲名にもなっている歌詞の「恋は野の鳥」(「ハバネラ、恋は野の鳥」)は
まさに恋に弄ばれる様子を描いているだろう。

　私はこのオペラに異様なほどの生々しさを感じたのを覚えている。

　私は、このBという女性については、ここで筆を止めておく。うまくは
いかなかったが結果的に、平和に終わったのだ。大いに学んだ機会になっ
たのではないかと思う。

　そして、この話に一つ付け加えたいのは、私はそのとき夏目漱石の『こ
ころ』を読んでいたことだ。Bの実家への訪問したことがあったが、その

ことはその作品の持つ世界観を深めた。

　私は、何度か極度に作品に感情移入した経験があった。これがそのうちの一つだった。

　ここから先、Bのことはもう出てこない。

　しかし、確かにBはその後の私の人生に大きな影響を与えた。これまでのBの話が、遠心力のように他の文章に影響していると思って先に進むことが、ここで私にできる一番の工夫だ。

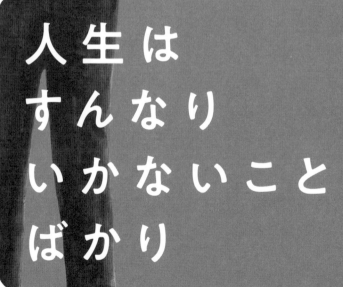

第 **3** 章

人生は
すんなり
いかないこと
ばかり

就職活動の壁と二つの悲劇

　バンクーバーから帰ってくると、就職活動の壁にぶつかった。周りが一気に就職活動の準備に取り掛かっていて、その状況に私はかなり圧迫を感じた。友人たちは豹変したかのように次から次へと、自己分析・OB訪問・面接等に取り組んでいた。いつからそんな準備をしていたのか、と思うほど私にとっては不思議で仕方がなかった。

　話題は就職活動でもちきりだった。だが、帰国直後の私はすぐに気持ちを切り替えることができなかった。心の準備がまったくできていなかったのである。

　就職活動は日本人の集団心理の強さを思い知る機会となった。日本人は周りがそうしていると、あるいは社会全体が同じように動くと、全員でその体制に入るように見えた。それがなかなかうまくできない私にとって、かなり弱みだと感じた。そんな就職活動だった。

　この頃、二つのつらい出来事が重なった。

　一つは3・11だ。東日本大震災である。

　地震が発生したとき私は、友人達と一緒に新しく立ち上げようとしていた企画について話し合うため、大学のキャンパスに集っていた。東京でも過去に経験したことのないほどの、あるいは想像を絶する揺れにかなり動揺した。

　すぐさま、家族は互いの無事や居場所などを確認するための連絡を取りあった。弟は友人と一緒に実家にいた。実家の戸棚は大きく場所を移動したという。友人と一緒に、また地震だー、などと言い合って軽くみていたが、スケールの違う揺れに恐怖を覚えたという。私は東京の寮に残り、家

族はみんな無事で茨城の自宅に集まることができた。

　極めて強い揺れとそれに続く津波、福島第一原発の事故、そして多くの死者、家をなくした人々……。私は体も家も、表面上は無事だったが、震撼はいつまでも私の中に残り続けた。

ジョージア人の心を動かした日本人の精神

　震災に遭った日本は、まさに不屈の精神で立ちあがろうとした。その様子は世界中が目の当たりにした通りだ。特に地震の直後に動揺することなく規律を守り、譲り合いの精神で集団行動をとる姿、震災の甚大な被害にもかかわらずその後の復興に向けて一歩ずつ仕事をしていく様子は多くの人の心を動かした。

　もちろんその様子は多くのジョージアの人々の心にも鮮明に刻まれた。私はジョージアの人から震災のことを聞かれるたびに、彼らがいかに日本人の精神に触れて感銘を受けたかを聞かされた。そのような姿というのは、人々の記憶によく残るものだ。

　その頃の私にそんなことは分かりようがなかった。

　そんなつらいことがあった後、私にとってのもう一つの悲劇が起きた。

　それは大好きな祖父の死だった。祖父からは多くのことを学び、優しさを与えられたが、彼が言うジョークや私への接し方が何より楽しかった。他界してから、祖父を知る友人からこんな話を聞いた。「君の祖父は、子供の頃の私にもとても優しく接した。なんというか、子供に対しても純粋な気持ちで配慮するんだ。テンギザ（祖父の名前だ）に、頭を撫でられて誉められたりしたことは今でもその感覚と共に覚えている。そんな気遣いは、意外と何年も経った今でも思い出すし、そのようなことは子供の成長にとっ

て大事なんだなと思うんだ」

　別の友人は、「本当にいいおじいちゃんだったね。こんな年の離れた私たちも家に招いてはおもてなしをしてくれて、持ち前のジョークで、さんざん笑わせられたな。楽しかった」と会うたびに回想する。

　祖父は誰に対しても優しかった。亡くなってから知ったが、近所中の住民にお金を貸していた。祖父は、相手から言わなくても、その人に対して善を与えることができる人だった。

　そんな祖父は、生前よくこんなことを言っていた。「人間は自分に向いている仕事を選ぶべきだ。私は、テレビの司会者や冗談をよく言うコメンテーターをやるべきだったんだ。それを後悔している。長年工場長をやってきたが、正直テレビに出なかった未練が残っている」。確かに祖父が笑わせられなかった人を見たことがない。

　また、私が祖父と出かけるときは、行く先々で店員や会う人に私のことを紹介した。

　当時のジョージア人にとって、日本は遥か遠い国だ。一言で言うと、日本に住んでいる少年なんて、とても珍しいのだ。すると、それを聞くと、相手はおのずと感心してそこから話が広がる。ただし、祖父が見ず知らずの人に私が日本に住んでいた話を切り出すときには、話の中で自然にそうなることがあれば、ときによっては無理にその話を結びつけることもあった。つまり、私の話題にこじつけるのだ。それが結構わざとらしくて、ちょっぴり恥ずかしいような、滑稽なような感じだった。私は、これに関して、祖父は話したがりだな、とずっと思ってきた。

　しかし、ある日どうしてだかこのことを思い出していたときに、少し違った角度から物事が見えてきた。

　私は今の仕事柄、目立つことが多い。振り返ってみても、人前に出たり注目されることは、嫌いではなかった。むしろ、自分をアピールすること

にこれまで積極的だった気がする。ユニークだと言われ、自分にしかない部分が褒められることは好きだ。

　それを踏まえると、おじいちゃんが私を人に対して紹介したり、自分の生い立ちを聞かれていないにもかかわらず、紹介してきたことは、人に注目され、自分自身を見つめるという意味で役に立ったのではないかと思うのだ。

　ある日、おじいちゃんの行動をそのような孫思いの視点で見つめることができた。そうすると、いっぺんにそこにおじいちゃんの無償の優しさのようなものを感じて、それによっておじいちゃんの行為は私を意識したものだったと考えるようになった。確かに、祖父のそうした行動によって自分をアピールする力が育まれた気がする。その頃の自分にそんなことは分かりようがなかった。

　そんな祖父と一緒に暮らして、それだけ近い距離にいられたことは贅沢なことで、今では私の財産になっている。彼は祖父であり、友人であった。

　何より私にとって無償の愛の象徴だった。初孫として無類の愛を捧げてくれて、何があっても祖父がいるから大丈夫だという安心感を私に与えてくれた、心の支えのような存在でもあった。

　病気で体調が悪化してから急に亡くなったこともり、私は苦しんだ。心の準備はまったくできておらず、日本にいたこともあり気持ちの整理はつかず、どのように祖父の死を受け入れたらいいか分からなかった。心の傷は少しずつ深まり、複雑化していったように思う。

見かけた募集

　ということで、失恋、地震、祖父の死よって私の心は絶賛傷だらけだっ

た。そんなときに、畳み掛けるように押し寄せてきた就職活動にも精を出すことができず、もっともインテンシブな就活期間の大きな波を逃すことになった。

　その間、周りはつぎつぎと就職先が決まっていき、緊張が解けたみんなの笑顔が逆に私にプレッシャーを与えた。

　不採用通知が来るたびに、そのストレスが体に蓄積していった。私はプレッシャーに弱く、一喜一憂してしまうタイプだ。家庭内の雰囲気が濁っていくようにも思えた。

　やる気も失いつつあった頃、学部事務所の掲示板に1枚の社員募集案内が貼ってあるのを目にした（本来、私は公募されているものは自分にはどうせ縁がないものだと思い込みがちで、そのようなものはいつも敬遠してきた）。その頃になると、ほとんどの企業がすでに募集活動を終えていて、完全に諦めているわけでもなかった私は、とりあえずその企業を受けてみよう、なんとなくそんな気持ちになった。

　国際的な人材を募集しているというところに心が誘われた。よく見ると、「早稲田大学の留学生へ」と書かれていたため、企業側も的を絞って人材を募集していると感じ、その対象に該当する私は少なからず一般の入社試験より通る確率が高いかもしれないと期待した。

　その募集主はキッコーマンだった。

　私は第1次、第2次面接を順調に突破した。最終面接では、どうして食に興味があるのかという質問があった。私は自分がこれまで様々な国に暮らして、人によって食べる習慣やアレルギーなど細かい違いがあることに関心を持ったことを話した。心から思っていたことを話すことができ、担当者にも伝わったような気がした。でも私は就職活動に苦手意識があり、その面接が終わった後も受け答えはうまくいったとはいえ、どうせダメだろうなと期待はしなかった。

思わぬ内定

　しかし、予想に反して内定の電話がきた。私はとても驚いた。担当者に「入社の気持ちは固まっていますか」と聞かれ、初めての内定の電話のため何と答えたら良いのかわからず、「考えます」と答えてしまった。

　そのときの電話の主は面接でお会いした採用担当のＳさんで、切れ味があり、笑顔の爽やかな、いかにもプロフェッショナルな人だった。彼は「考えるというのは？」と驚いた様子だった。私はとにかく「周囲に相談してみます」と答え、数日のうちに再び電話する、とその電話を切った。

　そのときは夏休みで帰省していたため、両親が帰宅後、二人がそろってから報告をしようと思っていた。帰宅してテレビの前に座る両親に、もったいぶって打ち明けるように、私はその話を切り出した。両親はこのことを聞いて喜ぶだろうと思っていた。

　就職試験を受けたキッコーマンから電話がきたと、わざと無関心そうに言った。父は関心を持つそぶりを見せなかった。受かる可能性をまったく想定していなかったからだ。

　思い返すと、こんなときに感じるのは親心だ。私自身が親になって気づいたことはたくさんある。しかし、子どもが就職活動をしているときの、父親の心境を想像するだけで怖くなる。

無関心を装っていた父だが、私がそっけなく内定が出たことを伝えると、飛びあがって喜んだ。内定を出してくれた会社に感謝している気持ちが表れていた。

会社勤めは苦労の連続

　苦労した就職活動の末に私はキッコーマンに就職した。

　周囲の人たちは、とにかく3年は頑張って続けた方がよいと言うので、私もとにかく3年間は勤めようと思った。

　ただ、初めての会社勤めはつらいことが多かった。ちょうどその頃、家族は日本から離れていて、初めて日本でひとりになってしまい、今思えばそのことも影響したのかもしれない。

　朝9時から夕方6時までオフィスにいることもつらい、電車通勤もつらい。何をするにも要領がまったくわからない、どうしてみんながこんなに順調にできるのかがわかならい。一つのことも、ぐるぐるぐるぐる考えて、仕組みがなかなか理解できない。

　営業を担当していたが、お客さんともうまく意思疎通がとれない。営業成績も伸びない。私が担当していたのは昔ながらのスーパーや酒屋ばかりで、間違っても業態柄あまり醤油が飛ぶように売れる状況からは程遠かった。部署自体が大きく伸びるということがほとんどなかったのだが、当時はそう割り切るような考え方を私は持つことができなかった。

　私はプレッシャーに弱くて、とても敏感なので、ちょっと数字が伸びなかったりすると割り切れずに過剰にストレスを感じてしまう。やたらと落ち込んで、一人で抱え込んでいた。いっぱいいっぱいの状況だった。

　部署内の営業担当の先輩方とみんなと一通り同行して、その仕事ぶりを

見る機会があった。私からしてみれば、みんなそれぞれ商談の技量などが
あり、とても遠い存在のように見えた。私はいつまでたってもこんなに饒
舌にバイヤーに商品を勧める事はできないだろうといつも感心させられた。
商談も芸なのだ、と感じた。

　そこに、私にとって、ひときわ輝く存在がいた。それは庶務のYさんだ。
庶務というのは、各営業部に1名置かれる役職であり、女性の場合が多い。
担当する仕事の内容は、営業メンバーのサポートだ。私が勤めていた部は、
会社の特約店（直接取引のある昔ながらの得意先）を相手にすることが多いか
ら、営業のサポートと言っても実質は相手企業のトップに対する配慮を意
味することが多い。

　難しいのは、得意先や時期、行事ごとに対応が微妙に異なることがある
点だ。場合によっては数年に1度行う特殊な対応だってある。冠婚葬祭や
お歳暮、お中元、創立記念日、その他いくつものパターンで的確な対応を
しなければならない。もちろんそこで例えば前回と対応が少しでも変わる
となると、会社の信用に影響しかねない。それだけ伝統を重んじる世界だ
ということを理解しなければならない。

　庶務のYさんは最も若い私が座る端のさらに横に座っていたから、その
仕事の様子をいつも見ることができた。無数に出てくる営業からの相談や、
依頼をてきぱきとさばき、期限までにいつも仕上げる。Yさんだけが机を
二面体制で構えていた。それだけ発生する仕事の種類が多かったからだ。営
業の人間もわからないことがあると「Yさんに聞けばわかる」と言ってYさ
んに甘えることが多い。私が尋ねると、Yさんはどこからともなく、10年
以上前のファイルを取り出し、「その場合はこの用紙を記入して渡すから、
その後部長の了解をもらって。その後は社長名でそれをやらなきゃだめな
の」などと答える。

　Yさんは、入社から会社一筋だったこともあり、会社のことを何でも知っ

ていた。私は商談や得意先とやりとりをする中、つまり現場で刺激を受けることも多かったが、実はそのようなYさんの姿こそ、日本企業の持つ伝統や日本人ならではの仕事ぶりを物語っていると感じた。

おもてなしの心

　私は本業でなかなか成果がでないため、宴会芸に力を入れてみんなを楽しませようとした。その企業では、飲み会、送別会、部の旅行などで、一発芸などネタを披露する場面があり、そういう部分では本気を出して参加した。みんなを楽しませようという思いがとても強かったため、何日も、何ヶ月も前からネタを考えた。ネタを披露すると褒められ、社内で注目され、何よりみんなが喜んでくれると自分も嬉しかった。

　会社勤めはつらい日々だったが、その会社で学んだことはとても多い。会社勤めでないと得られない風景が見られたのがよかった。

　会社を興す場合は、こういう会社にしたいと思った。自分がその仕事に合わないだけで、社員にはとても優しい会社だった。長い伝統があり、その伝統があるからこそ、伝統を守り、多くのノウハウがあり、とくに長い付き合いのあるお客様が多かったから、お客さまとのつながりを大切にした。

　おもてなし、いわゆる接待は会社全体でとても丁寧に取り組んでいた。

　お客様と過ごせる短い間に心を通わせるためにどういう工夫をしたらよいか、どういう気配りをしたらよいか、徹底的に叩き込まれた。

　商品説明などをするもっとも重要な集まりがあり、そのサポートにも何度か入ったことがあったが、ドアの開け閉めのスピードや角度、物音を立てないようにする動き方など、気配りを徹底するその姿勢はとても勉強に

なった。

振り出しに戻る

　その企業で3年ほど首都圏の営業をした後、海外営業部に行かせてもらった。もともと私がその会社に入ったのは国際的な仕事がしたかったからだ。だが、海外営業部に異動して気づいたのは、基礎が大事だということと、会社の文化を学ぶということの重要さだった。

　念願の海外営業部では、オーストラリア出張と、マーシャル諸島出張に行き、外国で仕事するということの様子を大体理解することができた（**P73 左, 中：出張で食べたマーシャルのマグロ**）。それだからこそ、自分の将来を垣間見た気分になった。それはとても面白そうなものだったが、かえって自分は他のものも試してみたいという気持ちになった。何より、心の底では、母国ジョージアのことも気になっていたのだと思う。

　会社を辞める決断は簡単ではない。しかし、ある時点で、辞めようと言う決意が自分のなかで固まったように感じられた。そこで、当時の上司に退職の意向を伝えた。上司からは次は決まっているのか、親にはちゃんと言ったのか、と心配された。私は、この決断が揺るぎのない意志だと付け加えた。

それは今考えても相当勇気のいることだった。仕事をなくし、収入もなくなる。さらに、辞めたは良いものの、次に何をやるか決まったわけではない。あては何もなかった。

だが、決心は変わらず、何もない状態でジョージアに戻ることにした。まさに振り出し、ゼロの出発点に戻るのである。(P73右)

得たものの大きさに気づく

会社を辞めた後に、そこで吸収したことの大きさに気づいた。書類を作ったりする物事の進め方はもちろんだが、とくに、おもてなし、接待の仕方は外交の場でも大いに役に立つものだった。

顧客を接待することと外交の場でのおもてなしも根本は同じで、1時間、2時間という短い時間のなかで信頼関係を築くため、そこに向かって全力をそそがなければならない。そのことは会社で学んだ精神が役に立った。ジョージアの大統領や外務大臣、国会議長が来日したときも、短い滞在日程の中で、いかに楽しんでもらって気分良く帰ってもらうかということばかりを想像しながら取り組んだ。それが、仕事の成果も大きく左右すると私は信じている。

これほどまでに会社員時代に得たものがその後につながるとは思いもよらなかった。3年間という短い時間のなか、仕事がうまくいかずつらい日々もあったが、数々の得難い経験をすると共に、当時の社員の方々とは今でも交流を続けるなど、私の形成にはなくてはならない3年間なのである。

ジョージアでの挑戦

　会社勤めに終止符を打ち、ジョージアに戻る。友達3人と会社経営をは
じめたものの順調にはいかず、しばらくすると2人は去り、会社経営もや
めてしまった。それでも私はあきらめず手あたり次第、1人でもできるこ
とをしていると、日本とジョージアを結ぶ仕事が舞い込んできた。成功す
るか半信半疑で進めていたが、責任者と訪日し、取引先を探す段取りをつ
けた。輸入品一つひとつを表にしたり、計画を綿密に立てたりすると、相
手に喜ばれ、とても評価してくれた。その後も輸入業の仲介、仕入れのア
シストなど、仕事が少しずつ大きくなっていった。

　中古タイヤや車の部品、日本の食品をジョージアに輸入したり、ジョー
ジアのワインやジュースを輸出したりしているうちに体力がついてきて、
会社を立ちあげて、結婚まもない妻とオンラインデリバリーの会社をはじめ
ると、順調に売り上げをのばした。

　そんなときだった。日本との関係を注目され、ジョージア外務省に誘わ
れたのである。

　突然ある連絡が来た。

　そして気づいたら、私は外務大臣の執務室の部屋にいた。

　外務大臣は、世界中を駆け回る、下手すれば大統領や首相よりもオフィ
スにいる時間が少ない要人だ。

　そして、こう言われたのだ。

「外務省に入省して、将来、日本で大使になることについてどう思う？」

　日本との貿易の仕事をしていた2018年のことだった。

　当時、私は日本からジョージアに帰ってきて、3年が経とうとしていた

頃だった。新婚で、仕事もようやく安定していた。生活にはある程度、満足していた。

　だから、こんなことを言っては贅沢かもしれないが、その状況の中、また仕事と環境を変える決断をするには勇気や覚悟を要した。それに、大使というのは荷が重い仕事だということもわかっていた。だから、少し考えることにした。

　こうして悩んでいたときに、前首相でありジョージアの名士であるイヴァニシュビリ氏にたまたま出会った。私の祖母が長年お世話になっていた方であり、ジョージアでは最も尊敬されている方の1人だ。私と日本との関係を話すと、自分の得意分野をこれから伸ばしていくべきだ、あなたは日本とそれだけ深い関係があるのだから日本に関係したことをキャリアを通してしてやっていったらいいのではないか、とおっしゃった。偉大なる人というのは、相手のことを相手以上に理解し、その相手のために本質的なことをさりげなく言えるような人だ。その言葉は私にとても勇気を与えてくれた。私の"自分の道"を改めて認識した機会だった。

　それがきっかけとなって、揺らいでいた気持ちはピタッと定まった。私はこの示された道を受けようと思った。

臨時代理大使？

　2018年、外務省に入省後、1年間は参事官として日本と韓国関係のデスクを担当。その間、仕事の要領、省内のシステムの把握など、外交の世界をなるべく学ぼうと努めた。**（P77：外務省に入省した頃）**
　外務省の仕事も順調にできるようになり、生活もようやく落ち着いてきたときだ。入省後1年が経過した2019年のことだった。

なんと、在日ジョージア大使、という大役のオファーがあったのである。

しかし、ここで私のちょっとした誤算があった。人事部から電話があって発令案を見に行くと大使ではなく最初は「公使」から、という話になっていた。訪日当初は公使、つまり臨時代理大使として行くという話に変わっていったのだ。大使と公使では権限などに大きな違いがあると感じた。公使は大使に次ぐ第2の地位である。実質的な地位や職務については違いはないというものの、公使で行くことになると、大変になることが目に見えていた。また、いつ他の人が大使になってもおかしくないから、その後、確実に大使に昇進できる確約がなかった。処遇も変わるし、相手国での扱いも変わってくる。

当初の話とまったく違うと不安になり、書類には最初サインをせず、保留にした。さまざまな考えがよぎった。

そんなとき、当時の上司に、「お前はこれでいいのか？」と。私はそれが何を意味したのかを飲み込めなかった。「臨時というのはそのときだけということがこの道の常識だ！」彼は外交一筋のベテランの先輩だった。そのときに彼の中にみた含み笑いには「ざまあみろ」といったニュアンスを感じずにはいられなかった。

なにしろ、大使職は外務省では誰もが目指す狭き門だ。当然、争いも激しい。その分、大きな弊害もつきものだということは言うまでもない。公

使ならジョージアに残ろう。そのような声も自分の中にあった。ジョージアの生活だって、悪くない。しかし、もう一度、「自分の道」が何かを考えた。そこで、一度前向きに考えた話だ。途中で諦めてはならないと私は意を新たにした。

　私は、公使としての人事書類にサインをした。こうして日本での挑戦の新たなる一歩がはじまるのである。

子どものときからの延長

　プロローグでも伝えたように、在日ジョージア大使の仕事は、私が子どものときからやってきたことの延長といってよい。

　日本人の友だちにジョージア語の挨拶の言葉を教えたり、我が家に来た客に母が作ったハチャプリでもてなしたり。子どものころからジョージアを紹介する機会が本当に多かったからだ。

　当時の日本ではジョージアの国号は「グルジア」だったから、語感が似ているブルガリアやブラジルなどとよく間違えられた。そうした経験を通してジョージアという国を紹介することの苦労や難しさを十分に味わってきた。

　ときにジョージアのちょっとしたことがニュースで取り上げられたりすると、家族みんなでものすごく喜んだ。まるで自分たちの国の存在が日本で発見された、という感覚でそれは特別な気持ちだった。当時は日本にジョージア人がほとんどいなかったこともあって、ささやかなことでも喜びは際立つものだった。

　両親は愛国者だった。二人とも、自分達にとって家族の次に大切なものは母国だ、とよく言ったものだ。恐らく私が母国を大切にしている背景と

彼女たちがそれを大切にする背景は少し違うものの、その理由は同じだったのだろうと思う。それは自分のアイディンティではないかと考える。

　私は今でも、日本でジョージアのことが報道されたりすると、そのときの気持ちを思い出して喜ぶ。よく初心を忘れないというが、私にとっての初心はそこだ。確かに、今ではありがたいことに、ジョージア関連のトピックは増えたから慣れてきたが、その度に子どもの頃のその気持ちを思い起こそうとする。

　形がないだけに、外交官の仕事の成果を図るのは難しい。そのため、私は次のような行動によって、仕事の成功を図ることがある。

　自分が関わる形でジョージアにまつわるイベントを企画したりテレビで大々的にジョージアが報道されたときに「昔の自分がこれを見たらどれ程喜ぶだろうか」と考える。そうすると、おのずとその仕事の成果を噛み締めることができる。私は、そういう意味で、昔から持っているジョージアに対する感情が今の仕事にも生きている。だからこそ、仕事には一生懸命取り組む以外、私には考えられない。

　私がジョージアの認知度を上げることに力を入れているのには、そういう背景がある。

　そして、一つ言えることは、この仕事というのは自分にもっとも向いていて、私こそがその専門中の専門にすべき仕事だった、ということである。

大使の食レポ②

　食レポを、と言う声があったため、折角ですから挑戦しようと思います。

　見た目によらず、がつんとした味わいや、最初に来る印象はそれほど強くありません。しかしそれが、味の安定感を保証するこの店の顔であるように感じます。そして、まろやかであるからこそ、最後まで飽きることなく堪能できるバランスも取れているのだと感じました。一方で、ラーメンをおいしいと思うためにとても大切な要素である「うまみ」はしっかりとムラなく感じることができます。そして、それは他の素材ととても相性が良い。私の場合、麺を少なめにして、ほうれん草やバターを多めに入れることもあります。あるいは他のお客様を見ていると、それぞれ全く違った食べ方をしているのがうかがえます。と言う事は、まさしく懐の深いラーメンなのではないかと思います。手を加えないことをラーメンの美徳として捉えている店もあるかもしれないが、この店はかえって「あなたの好きなものを加えて。それでも私はおいしいから」と語りかけてくるようにさえ思う。その証拠に、卓上には10種類ほどの調味料が出ている。それは味に血迷っているからではなく、まるで自信から来ている配慮だ。そして、おおらかな対応だと言うことさえ感じる。だからこそ、何万通もある味の中から、ピラミッドを登るように自分の好きな味の頂点にたどり着きたくなる。そのワクワク感をお客様に与えることができる。 来るたびに新しい感動を与えてくれながら、いつもの安心する味も同時に提供してくれる不思議な感覚です。お店のそんな芸に脱帽です。 店主の素晴らしい接客も確実に加点の対象です。　　　　　（2023 / 3 / 28）

第 **4** 章

フィールドリサーチの総合力

Fuji Keizai Group

大使、
つぶやく

即位の礼

　2019年7月、正式に私は公使（臨時代理大使）として来日した。何度目の来日になろうか。

　いざ日本に来てみると、公使といえども大使館の責任者であり、私には上司はおらず大使館のトップであることに変わりはない。公使だろうが、臨時代理だろうが、自分のできることをどんどんやっていこう、そういう気持ちでがむしゃらに取り組みをはじめた。

　そんななか、来日してなんとたった3ヶ月で重要なミッションが発生したのである。天皇陛下の「即位の礼」である。

　10月に開かれた「即位の礼正殿の儀」には、世界中のロイヤルファミリー、政治家など191ヶ国の要人が集まった。ジョージアも例外なく、サロメ・ズラビシュヴィリ大統領が来日したのである。大統領が来日するというのは当たり前だが数少ない機会で、前の大統領が来日したのが2014年なので、ジョージアとしては5年ぶりの来日である。

　一つの訪問だけでも、多くの細かな配慮が必要で、準備には余念なく取り組んだ。2018年末に就任した現大統領にとっても初来日である。日本を楽しんでもらい、日本の理解を深めてもらうため、あらゆる準備をした。

　いよいよ大統領の来日当日、私は緊張に体が締め付けられた。そして、どうか、この時間が過ぎてほしいと願った。

　大統領の帰国後に何かのイベントの予定が入ったときのことは今でもよく覚えている。なぜかというと、帰国後もスケジュールが入っているということは、その後も人生が続くということ、つまり死にはしないのだと思ったのだ。そう言って自分で自分を奮い立たせたのだった。

　いったん大統領が日本に上陸すると、あっという間に時間は過ぎていっ

たのだった。

ジェダイ、現る

　大統領が来日して出席したのが「正殿の儀」である。即位の礼では「饗宴の儀」などいろいろな儀式があったのだが、そのなかの本番中の本番とも言える正殿の儀には、大統領と、民族衣装で出席しようと事前に打ち合わせをしていた。

　大統領はジョージアンドレス、私はチョハという民族衣装で、しかもチョハのなかでもおめでたいときに着る白のチョハで向かった（P83左）。大統領のドレスは、この日のためにこだわって作った民族衣装だった。

　私にとってのチョハは思い入れの深い民族衣装であった。幼い頃に来日して、15歳のときに一度、自分自身を発見するためにジョージアに戻ったが（2章）、自分のアイデンティティーを確立したその時期に1着目のチョハを仕立てたのである。そのチョハはつくばで参加した成人式にまとっていったほどだ（P45左）。そして日本に来る前に、必ず着る機会があるだろうと思って、白のおめでたいチョハを作り、今回着ていくことにしたのである。

　即位の礼当日、私たちは大統領らと共に、皇居の中の式場の入り口前ま

で車をつけ、そこで降りた。降りてすぐ、扉が開くとマスコミのカメラがたくさん待ち構えていた。カメラのフラッシュが光り、ビデオカメラに撮られながら入った。私の姿はチョハである。かなり目立ったように感じていた。正殿の儀は滞りなく行われた。私たちはジョージア国の代表者として、ぶじに日本の最重要の行事に参加することができた。

しかし私は別のことを気にしていた。何をかというと、マスコミに撮られたことである。それがどのように報道されるのか私はとても気になった。

儀式が終わるとすぐにスマホを取りだし、「正殿の儀」「民族衣装」などと検索したのだ。当時私はTwitter（現X）を使っていなかったし、Twitterも今ほど多くの人が使っていたメディアではなかった。ただ、速報性としてはインターネットのニュースなどより、一番Twitterが早いと知っていたのである。

検索するとあるユーザーが、私たちの写真と共に「これはすごく素敵な衣装だけど、どこの国の方だろう」とつぶやいているのを発見した。すかさず、「ジョージアに一票」とリプライを入れた。(P83中)

 ジェダイの騎士っぽくてすごくカッコイイ衣装だけど、どこの国の方だろう

 ジョージアに一票 (2019 / 10 / 23)

それが、ちょっとずつ反応され、本人がリプライしていることもあって、バズった。人生初のバズりだった。それが翌日、テレビでも報道され、私たちの民族衣装が紹介されるなどしたのだ。

いまそのツイートを見返してみると、「ジョージアに一票」のツイートは1万いいねをいただいている（2024年1月現在）。

来日していた大統領も喜んで、「よく国をアピールしてくれた、すごいじゃない！」とおっしゃった。この一連の流れに私はすっかり味を占めた。来日3ヶ月で自信を持てていなかった自分にとって初めての自信になった。

ジョージア大統領の来日の意味

即位の礼を終えて、来日したジョージアのサロメ大統領に日本を紹介する、という仕事が待っていた。

大統領の来日で本当に大変だった出来事がある。それは、豊洲新市場の見学、いや、マグロの競りの見学だ。

その前に話さなければならないのは、私が大使ではなく公使として来日したことで（3章）、大使になるには大統領と首相の両方の承認が必要になるということだ。

2019年5月ごろ、私が大使に任命されるかもしれないというとき、大統領にお会いした。本来であればそのときに大統領に承認されるはずだった。しかしそのとき、大統領は私を承認しなかった。

外務省が候補者として出す以上、大統領は承認するのが通例なのである。大統領に承認されれば、私は2019年7月から大使になる予定だった。

外交畑出身の大統領は、外交経験も豊富。その経験値の深さから見ると、私の若さと経験の浅さは大使としては「役不足」と映ったに違いない。しかも日本という国はジョージアにとっても最重要国。大統領が首を縦にふらなかったのは今の私には理解できる。

そこで承認を得られなかった私は、大使ではなく臨時代理大使（公使）として来日することになったのだ。聞いていた話と違うという気持ちが少しだけあったのも事実だ。

話を戻すと、つまり大統領が来日する10月というのは、まだ私は臨時代理大使だった。初めて取り組むことへの緊張感や大使ではなく公使として迎えなければならない不安や、大使館のメンバーとの呼吸合わせがまだ不十分だったことなど、いわば不安要素は尽きなかったが、国のためにできる限りのことをやってみようという思いを胸に、与えられた試練に取り組もうと思った。今振り返ってみて私の外交官生活の本当のスタート地点はこのときだったのではないかと思う。

　就任3ヶ月後にあったのが大統領の来日というミッション。心の中は複雑だった。来日準備など責任が重いのは当然だが、何より私の仕事ぶりを見て大使にするかどうかの判断が関わってくると思えたからだ。

　外交畑出身の大統領は、外交に関してかなり厳しいことで有名だった。もともとはフランス大使としてジョージアに来ていたフランスの外交官で、彼女自身のルーツはジョージアだが、フランス育ちで、フランスの外交官になってジョージアに来たのだ。その後、ジョージア国籍となり、ジョージアの外相、政治家、その後ジョージアの大統領にまでなった人物だ。初の女性大統領だ。とにかく政治・外交経験が深い方なのだ。ジョージアの外務大臣を経験しているので、外務省のシステムのこともよくわかっていた。

マグロの競りの壁

　私の在日本のチームもまだ新しく、深い関係を築くには時間があまりにも短かった。大統領のスケジュールをどのように組み立てるのかには悩んだ。

　その大統領日本訪問で最大の難関が豊洲市場の視察だった。

　なぜ豊洲市場の視察がそんなに大変だったのか。2014年に来日した前の大統領は築地市場で目の前でマグロの競りを見学したとの記録があったことにはじまる。少し前なら目の前でマグロの競りを見るのは簡単なことだった。

　しかしそこからが私のマグロの競り見学の戦いの始まりになった。

　お気づきの読者の方もいらっしゃるかと思うが、豊洲新市場は見学者が競り場と完全に分離されている。目の前で見たくても見られない、そのような構造になっている。競り場は1階、見学は専用エリアか2階の通路。そう、前の築地市場とはつくりがまったく違うのだ。

　そもそも仕組みが違うのだから納得して下さるだろうと簡単に思っていた。がしかし、通用しなかった。前の大統領が見たように、競り場の近くに行きたい、とにかくやりなさい、と言う。

　しかし、私たちがどんなに日本側にかけあっても東京都が認めてくれない。そこで私は某大使館のシェフや関係しそうな人に相談した。いいよ、と言われた人を頼って行った当日、連れてきてくれたところはデッキよりも遠かった。

　私は焦った。

　時間は、朝の5時半である。大統領もこのために早起きをして来ている。

　大統領の表情は固まったまま。私は思った。

「すべてがこれでもう終わりだ。」

そのときだ。なんと救世主が現れたのだ。

私は念には念を入れて、大統領訪問の前夜、弟の友人で豊洲で働くS氏にも事情を話しておいたのだ。彼には実は何度かそれまで豊洲市場を案内してもらったことがあった。何があるか分からない、そういうときはバックアッププランの一つや二つは必要なのだ。

突然現れたSは何やら関係者たちと話し始めた。私はもう崖っぷちに立たされていた思いだった。しかし、彼は少しすると戻ってきて、「ついてきてくれ」とだけ言った。そして、私たちをものの見事に競り場まで連れていってくれたのである。そのときの私の安堵の気持ちと言ったら、描写しようがない。

大統領は思ったのだと思う。これだけ頑張ってくれたということは、なにかあったときには頼れるやつだ、と。そこで大統領との信頼関係が生まれたのではないかと今となっては思う。

1枚の写真には、マグロの競りをバックに、3人の満面の笑みが残されている。

今考えても生きた心地のしない経験だが、この写真の表情ですべてを忘れてしまうほどだ。

つぶやくということ

先ほど、「ジェダイ、現る」で初めてバズった話をしたが、やはり今の私にとって大切な存在がSNS（とくにX。旧Twitter）である。

Xのフォロワー数はおよそ30万人。これはすごい数字だと自分でも思っている。

そもそもXをなぜはじめたのか、について記しておきたい。

　アカウントは、大使になって新しく作ったのではなく、以前からもっていたものを使っている。作っていたことすらすっかり忘れていたアカウントだった。

　私がXを認識しはじめたのは、そう、最初にTwitter（ここでは当時の呼称を用いる）というものを知ったのが大学生だった2011年。しかも、3月11日、つまり2011年の3月11日、東日本大震災の日になる。

　震災のときの話は3章でしたが、みんなで集まっていたときに震災が起きて、スタートアップの技術面を担当しようとしていた友人も一緒だった。

　地震が起きて、我々は建物の外に出て、もうやばい、やばい、と言うことくらいしかできない状態になっていた。携帯はつながらない、テレビも近くにない、情報もなにも入らない、そんな状況だった。

　そこで彼がすぐに携帯を見て、「これは東北で震度〇の地震だっていう速報が出てる」とTwitterで確認する。そのとき、私はTwitterとは驚異的なものだ、と感じた。

　彼がTwitterでそういう情報をうまく、誰よりも早く正確に引き出したということが実体験としてあった。私は、ジョージアでフェイスブックなどのSNSはやっていたが、Twitterは使っていなかった。

　当時、大使館の公式アカウントはフェイスブックで1500人ぐらいのフォロワー数。しかも日本のアカウントなのに、ジョージア語でしか発信していなかった。誰が見ていたのだろうか。

人を傷つけないつぶやき

　そこで私は、大使館のみんなに、フェイスブックを見せながら「君たち、そのへんの街なかに行って、ジョージア語でジョージアってこんな国です

よって言ってるのと同じだよ」と話した。

そして大使着任後まもなく先の友達の事務所に行った。彼はマーケティング会社を立ち上げていて、その事務所に「ちょっと相談にのってよ」と赴いたのだ。これからのデジタル戦略についてどのようにすればよいか相談したのだ。

いろいろなSNSがあるけれど、どのコンテンツが一番よいかを聞くと、彼は「まあ、Twitterっていうのは、日本にかなりの利用者数がいるから圧倒的にこれが有効だよ」と言い、その後の大きなヒントになった。

そしてもう一つ、特筆すべきなのはあの河野太郎大臣である。そのときは防衛大臣だったが、面白おかしくツイートしていたというのが非常に参考になった。

政治家が一般のユーザーに、コメントを返し、気軽に話しかける、そういう前例があったからこそできたという部分もある。

はじめたときは勇気がいった。日本ではジョージアという国の代表だから、いきなり私が自由に発言するのは難しい面も多々あった。

周りの目も気になった。私はジョージアでは最も若い大使になる。なのでジョージア外務省の人たちが私をどう思うか、そういうところも気にしなくてはいけない。最初は臨時大使だったが、突然任命されたこともあって、なかにはもちろんよく思ってない人もいっぱいいた。そういう人たちがどう思うか、ということも当初はやっぱり気にした。

けれどもアピールをしなくては意味がない。いかにもオフィシャルなことだけを書いていく、たとえばミーティングで誰々と面会したとか、そういうことだけを書いていっても意味がないように思えた。そこは私の中で、度を越さないようにしてTwitterをはじめようと決断した。

何よりも大事なのは人を傷つけないこと、と決めている。

日本人の友人などにも相談しながらはじめた。本当に仲のよい友達とそ

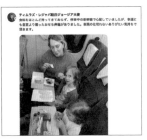

ういったことを話す機会があり、「やっぱり人を傷つけなければ、多少どんなことを言っても大丈夫だよ」と言ってもらい、その点でとてもヒントになった。

　人を傷つけなければ、極端な話、どんなことだっていいんだと思えた。

　河野大臣のような前例があったから、そして友人のそういった助言があったからこそできたことで、それらがなければ難しかっただろう。

800フォロワーは化け物？

　といっても、最初はまったくフォロワーがいなくて、在韓国ジョージア大使のアカウントが、たしか800フォロワーくらいのときだった。その800という数を最初に聞いたときは、「うわっ、この人は化け物だ。この数には絶対に追いつかない」と感じたほどだ。

　Twitterはみんなが反応してくれるし、どんどんフォローしてくれてフォロワー数も増え、その反響もあり、テレビ出演や新聞などのメディアにも取り上げてもらえた。新しい発見になり、本当にとてもよいツールだと思っている。

　私も最初は外務省からは異端児のような目で見られた。何をバカげたことをやっているんだと。だが、今ではいろいろ言う人はいないと思う。

ジョージア本国から他の国にたくさん大使として派遣されているが、その中でもかなりPR力を発揮できているだろう。

　周りの人が何を言い出すんだというぐらい、型にはまらない姿勢でやっている。

　特に自分の国のことをアピールできなかったら私は外交官として失格だと思う。自分が小さいときから日本でジョージアのことをよく語ってきたのだから。

ジョージアの魅力を伝えたい

　先述したが、私の性格は人の前に出ていくタイプで、人と交流するのがとても好きだということもこの仕事に繋がっている。そして何よりジョージアの魅力を、なんとしてでも日本人に伝えたいという思いが今を作っている。

　ジョージアの文化がなかったら私自身は空虚なものになっただろう。自分を説明する意味でもジョージアに誇れる文化があったことに私は救われた。

　あとは、やはりジョージア人としての「責任」だ。母国では過去に自分たちのアイデンティティーや国、文化を守るためにたくさんの人が命を犠牲にしてきた。

　2008年のロシアとの戦争もその一つである。

　自分たちのアイデンティティーを守るために、彼らが命を犠牲にしたことを思えば思うほど、何一つその文化を無駄にすることはできない。

　せめて日本で与えられた国の仕事である、ジョージアを知ってもらうということを、この機会を無駄にせずに、自分たちの文化をどんどん伝

えていこうと思っている。それがジョージアの文化を守ることになると信じている。

シュクメルリが？？？

　大使になって特に印象的な出来事がある。日本に「シュクメルリ」が突如現れた一件だ。今となっては多くの日本の方が知っているかもしれない、一躍有名になったジョージアの地方料理である。私は、シュクメルリの成功事例を考えるたびに、そのときの感情を思い出さずにはいられない。

　2019年12月、牛丼チェーン「松屋」の一部店舗に「シュクメルリ鍋定食」が登場した。ジョージアの伝統料理の一つ、鶏肉のニンニク風味ホワイトソースのような料理だ。そのシュクメルリがあの松屋に登場したのだ。まさに青天の霹靂。事前にまったく知らなかったのである。

　ある日のことだった。突然ジョージアにいるニノという友達から、「ねえ、見てよ」とメールがきた。彼女は、ジョージアで「日本語日本文化教育センター」を開設し、数百人の生徒を抱えてきた、屈指の日本通だ。「聞いた？　シュクメルリが松屋で取り上げられるらしいよ」と。しかも、「もう今日からだよ」と。

　ニノの情報はいつも信頼できる。連絡をくれるジョージア人を無下にしてないが、その中でももちろん不確実なものも多い。しかし、ニノの情報にはいつも特にアンテナを高く張って対応した。

　私は早速、Twitterで「シュクメルリ」と調べてみると、どうやら本当にやっている。そして、それは始まったばっかりのようだった。何人かがシュクメルリ定食を食べているという情報があった。私は、正直、それはネッ

ト上の世界の出来事であり、現実ではないと思うほど、シュールな感覚だった。それはもう衝撃だった。

半信半疑で松屋へ

　私は早速、近所の松屋のお店に電話をして、シュクメルリはどこに行けば食べられるかを聞いた。その店舗では提供していないことと、期間限定、店舗限定ということを教えてもらった。そして、大使館近くの別の店舗で提供していると聞き、とても興奮して、落ち着きがなくなった。

　すぐに大使館のメンバー2人に「今日食事に行こう。いいからついてきて」と仕事終わりに誘った。「ジョージア料理、食べたいでしょ」と言うと、「まあ食べたいけど」とちょっと困惑しているような感じだったので、「じゃあ、いいからついてきてくれ」と言ってすぐ近くの松屋へ向かった。

　その松屋は東京の麻布台店。近くにジョージア料理も出すベラルーシ料理店があるため、「あー、なるほど、あの店にいくんだね。確かに、そこにはハチャプリがあったな。そういうことね」と思ったらしい。そうした勘ぐりを見せる様子に、私はかえってしめしめ、と思った。とは言うものの、自分でさえ、まだ見たことなかったため、ドキドキしながら松屋へ向かった。

　いざ松屋の前に着くと、店の正面に大きなポスターが貼られていた。そこにジョージアの地図や国旗があり、それは誰が見てもジョージアに関連したものだとわかる。それを目にした2人はもう言葉を失い、しばらくそこに呆然と立ちすくんだ。

　一人が口を開いた。しかし、そのとき、「え？」という言葉以外何も出なかった。不思議なもので、それだけで互いのワクワクや動揺を確認するには十分だった。もう一人は、そのポスターに近づいたり、遠ざかったりし

て、様々な角度から写真を撮った。私は、そのポスターを見た興奮に加えて、二人の反応を見て楽しんでいた。

　仕事帰りに、多くの疲れた人たちが足早に私たちの横を通り過ぎた。きっと私たちを不思議に思っただろう。

　日本人にとって、ジョージアという国は、認知度がかなり低い。誰に聞いても、「名前は聞いたことがある」「なんか聞いたことがある」、「相撲の臥牙丸は知っている、その人がジョージア人だっけ？」「缶コーヒー？」くらいの認識かもしれない。

　繰り返すが、日本ではジョージアのことを多くが知らなかった。ほんの少しだけでも知っている人がいることがあると私はすごく嬉しかった。そういう経験をずっとしてきただけに、あの松屋が？　全国チェーンの松屋が？　となった。

　いわゆる公式の場面ではないけれど、しっかりと扱われていた様子を見て、いろんな感情が一気に湧いた。その感情を呼び起こしたのは、やはり、私が小さい頃から、ジョージアを日本で知ってもらうことがどれ程難しいことか感じてきたことにあるのだろう。「バズった！現実で。」のような感覚だった。

　早速、席につくと、正真正銘のシュクメルリが出された。喜びが最も新鮮なうちに写真を撮り、すぐにTwitterで投稿した。**（P95左, 中）**

　そのツイートは見る見る拡散されていった。嬉しかった。中には、「シュ

クメルリ御膳？　なんだそれは」というようなコメントも寄せられ、それはそれでたまらず嬉しかった。その未知なる食べ物の出現がみなさんの注目を呼んだ流れが、私にとっては「思う壺」だった。

シュクメルリの人？

　一方で、どうしてシュクメルリが販売されることを知らなかったのだろう、と後になって不思議に思った。それが、ある日、事務所でシュクメルリの話をしていたら、秘書のＮさんが、「そう言えば何ヶ月も前に電話をしてきた松屋フーズって、このことだったのか！」と言うのだ。詳しく話を聞くと、松屋側が国旗を使用しても問題ないか、という確認の電話を入れていた。基本的に、プロモーション関連で国旗を使用することに制限がないため、担当者レベルで確認をしてその旨の返答をしていたとのことだった。そのため、私はまったく知らなかったのだ。そんな大事なことは伝えてほしいと思う反面、ある意味で、良いサプライズにもなった。大使館も協力した形になっていたのだ。

　肝心のシュクメルリの味に関しても触れておかなくてはならないだろう。実は何度も私はその味の評価を行った。この頃は取材が多く寄せられて確かある日には4回ほどシュクメルリを食べた。
　私が一貫して言ってきたのは、これは食べたときにすぐにシュクメルリだとわかるということだ。シュクメルリは、とにかくニンニクが印象的で、パンチが効いていなければならない。さらに、乳製品のまろやかさがあって、鶏肉の旨味がしっかりと引き出されている点が重要だ。その点、松屋のシュクメルリは確かな代物だった。中に具（野菜）が入っていたことに違

和感があったが、それ以上に、さつまいもが印象的だった。ジョージアの
シュクメルリもさつまいもが入っているのかとよく聞かれたが、それ以前
にジョージアではサツマイモはほとんど採れないから、入れようがない。

　私は松屋のシュクメルリに野菜が入っていたことに関してよく考えたが、
それは栄養バランスを整えるためだと分析した。ジョージアだって、シュ
クメルリを食べるときは、必ず他のものと合わせる、だからある意味で、合
理的だった。そして、ニンニクが強いシュクメルリを食べるなかで、さつ
まいもの甘味が、うまくその強烈な味を和らげて食事の流れに抑揚をつけ
てとてもいいアクセントとなった。

　なので、シュクメルリに肝心な要素はバランスよく入っていて、それで
いて御膳というセットの楽しみもしっかりあってとても良いメニューだと
感じて心置きなく楽しめた。

　シュクメルリには、本当に良い仕事をしてもらったと思う。

　期間限定で登場してから数年後は、松屋が「復刻総選挙」を実施した。そ
の際私は「選挙活動」という名目で、襷をかけてシュクメルリに投票する
よう呼びかけた。お陰様でシュクメルリはその選挙で1位になって2024年
の2月からまたメニューに加わった。

　私がこの機会を逃すはずもなく、色々と仕掛けた。一番楽しかった企画
は、ジョージアのルスタヴィという伝統的な合唱団のメンバー10人以上を
引き連れてメニューに登場した初日に松屋を訪れたときのことだ。シュク
メルリをみんなが美味しそうに平らげた後、私はメンバーの一人に恐る恐
るこういった。「一曲、捧げられないかな」と。そしたら、やってみようと
答えが返ってきた。私は、まるで鼓動が高鳴った。そして、それは実現さ
れ多くの人がSNSでその様子を確認してくれた。

シュクメルリが日本で食べられることへの感謝とともにこれから
の健闘を祈るためにジョージアのプロ合唱団が歌を捧げました。
神様に届きますように。(2024 / 2 / 6)(P95右)

シュクメルリは、メディアに も取り上げられ、また関連の商品が次から
次へと発売され、ジョー ジア自体の認知度が上がった。

コラボレーションの話も舞い込んできた。日清食品や永谷園ともコラボ
をおこない、そういったありがたい話がたくさ ん出て、本当に効果は大き
かった。

メディアの効果も絶大で、一時期は、「あ、シュクメルリの人だ」と言わ
れるようになっていた。

これもまた、微笑ましくて、良い思い出だ。

広がるシュクメルリ

シュクメルリは、コンビニエンスストアやとても多くの食品会社からい
ろいろな形で発売されるに至ったが、実はパイオニアとなったのは、松原
食品という、福岡にある会社だ。

ある日その会社から突然、大使館に連絡が来た。商品開発を担当してい
る常務の「Nさん」が私に面会を申し込んだのだった。私は、その名前に
反応せざるを得なかった。なぜなら、彼は私の会社員時代の同期だったか
らだ。

彼との面会はもちろんすぐに快諾した。そして、会ってみると、会社員
時代のことで話が持ちきりとなった。私たちは研修の期間に特に親睦を深

め、その頃滞在していた研修施設では、一緒に遊戯王カードで遊んだことを思い出して盛り上がった。またたわいもない思い出話や、他の同期の近況について話したりした。

　話は途中で一変して、シュクメルリの話になった。実は、Ｎさんはシュクメルリのポテンシャルを先駆けて感じていて、それをレトルト化したいと言った。私は、十分可能性は大きいのではないかと言って、彼のその企画をできることはすべてやると言ってその発想を後押しした。もちろん、私としてはその企画は素直に嬉しかったし、それがまた新たな流れを呼ぶだろうとも感じていた。それに、このような縁のある仲間と仕事が進められることにも大いに勇気づけられた。キッコーマンはいい会社だ。互いに、その古巣を飛び立った後も、このような付き合いができたのも、その会社の懐の深さではないだろうかと思う。

　数週間すると、松原食品からいくつかの試作品が送られた。それを大使館の私たちは、参考として食べた。とても良い出来だと伝えた。大使館のメンバーも、このような取り組みは初めてだったからワクワクしている様子だった。

　日本市場向けの味に関しての監修について、大使館は専門ではないから、コメントは最小限に控えた。それは食品会社の腕にかかってくる。一方で、私たちからは、ジョージアに関する情報やシュクメルリがどのようなシーンで食べられるかなどを話した。そして、その情報は、発売が決まった初

のレトルトシュクメルリのマーケティング素材などとして大いに活用された。

　この事例を私はとても喜んだ。なんと言っても、松屋に続いて、歴史的な出来事だったからだ。大袈裟に聞こえるかもしれないが、私にとってはたとえようがない大きな出来事だった。それは、繰り返すが、ジョージアのものをアピールすることがいかに大変か、身をもって感じてきたからわかることだ。そして、そのことの最大の理解者は妻だった。妻のモットーは、どんなことでも達成したらそれをしっかりと祝い喜ぶことだ。

　松原食品を皮切りに、次から次へとシュクメルリが誕生した。シュクメルリの七変化だ。レトルト、弁当、スープ、ラーメン、菓子パンなどだ（P99左）。改めて、その起点となった松屋フーズと松原食品に感謝したい。その取り組みは、ジョージアの知名度の向上に多大に貢献してくれた。

ハチャプリづくり

　食に関する取り組みはこれにとどまらなかった。

　コロナ禍、日本では家で調理するブームが訪れていた。ホームベーカリー関連の道具はかつて無いほど売れていて、小麦粉などは売り切れるほどだった。私は、店でなかなか小麦粉が手に入らない状況に驚いて、大使館の仲間にそれに関してどういうことなのかと聞いてみたら、それは家でパンを焼く人が増えているんだと教えられた。そのようなことがこれまであったのだろうかと不思議に思った。

　そこで私も、ジョージアの代表的な料理とも言えるハチャプリ（チーズ入りパン）を紹介するにはちょうど良いタイミングだと思った。

　私は「食」は好きでも料理はそんなにしない方だ。そのためジョージア

料理作りを他人に教えることができるほどではない。しかし、ハチャプリ
だけは、教えられる理由がある。

　私が小さい頃から、母がハチャプリを家で作っていた。日本の方に何か
ジョージア料理を振る舞うときは、決まってハチャプリだった。そして、皆、
それを美味しいと言ってくれた。そんなこともあって、母からレシピを教
えてもらっていた。それは、日本にある材料でも作ることのできるハチャ
プリのレシピだ。それを元に、大学や高校などで、日本の方にもハチャプ
リを作った。

　なので、それなら胸を張って紹介できると思ったのだ。それに、それは、
ある意味で、我が家の伝統や母の思いを継承するという点でも、とても良
い取り組みになるのではないかと、そんな気持ちも後押しをした。

　そこで、私は、不慣れながらもエプロンをつけて、自宅で携帯一つでハ
チャプリの作り方の動画を撮影した。思いの外、それはすんなりといった。
そのとき私は、ハチャプリづくりだけでは外交官の動画として物足りない
だろうと、そのビデオの最中にジョージアと日本の関係についても話した。
それは、それでよかった。ただ、今となっては、料理一つの紹介だって、国
のアピールには十分に立派なことだと思う。私はそのとき、青かった。今
だって、まだ未熟な部分は多いと思う。

　しかし、肝が据わるというように、今となってはある程度自分を信じて、
進めることが少しできるようになった。それが正しいと思うことは全部や
る必要はない。世の中に、しがらみが多いのは言うまでもない。しかし、10
の中から一つや二つを実行しないと、それはそれで納得がいかないし、そ
して何よりも自分を証明することに説得力が生まれる。

　私が好きな作家は、100の成功する作品を出している作家ではなく、99
の失敗作を出して一つの傑作を出すような作家だ。ちょっと話がそれた。

　ハチャプリの動画は、成功したと言える。それはたくさんの方が実際に

作ってくれて、意外と簡単で美味しかったというようなコメントや写真が寄せられた。また、取材にも何回か応じたし、メディアでも何度となく紹介された。母が編み出した日本で作れるレシピを、なんとか残すことができた。それには、さまざまな思いが入り混じる。なんと言えばいいか、迷う。いや、このようなときこそ、こう言えばいいのではないか。

「母の思いを、少しでもつなぐことができて、ガウマルジョス！」——お馴染みの、ジョージア語で乾杯だ。

ワインのゆりかご

「1日はワインで始まる」

ワインはジョージアの象徴だ。ワインに関する仕事は日頃から多いし、各国のジョージアの大使にとっても駐箚(駐在)国におけるワインの動向は皆とても気にするものだ。

ワインは、ジョージアではどんなシーンでも出され、冠婚葬祭はもちろんのこと、イベントやおもてなしの場面、宗教上の行事などもそうだ。そう言った観点から、日本の私の仕事上でも、ワインは欠かせない存在だ。

また、私の1日はワインで始まる。何もそのままの意味ではない。私は、みなさんからもワインのイメージが強いかもしれないが、実はワインはそれほど飲めない。正確には飲めなくはないが、アルコールはそんなに得意ではないのだ。2週間に一度か1ヶ月に一度ぐらいがちょうど良い。

ワインで始まるというのは、大使館の入り口に、ジョージアのワインづくりに用いるクヴェヴリという大きな器が置いてあるからだ（P103左）。ただ、このクヴェヴリは普通のものとは少し訳がちがう。よく見てみるとそれには金色の線がいくつか入っている。それは何かというと、金継ぎで修

復されていることを表している。日本の伝統工芸である金継ぎというのは、人によって様々な解釈があるが、私にとってはなんとなく「完全であるために欠かせないもの」を意味する。この器は、2019年にワインの大きな展示会を実施するにあたって、ジョージアワイン庁がジョージアと日本の関係の象徴として作った特別なものだ。私も両国の文化を融合した素晴らしい形と思う。毎朝これを見ながら、私は執務室に向かうのだ。

　ワインを人にプレゼントするときに、ワインが発祥の地である国で幸せだなと思う。少なくても、日本では喜ばれる。時折、色目で見られることもある（笑）。「ワインはあるのか」と言った具合に。それもいつも織り込み済みだ。そういうこともあろうかと、と言っていつも差し出す。

　大使を務めているうちに、ワインに関しては、二つのことが成功例として印象に残っている。一つは、ワインを取り扱うインポーターが私の着任以降大幅に増えたことだ。ありがたいことに、新たに輸入が決まったというニュースは頻繁に飛んできた。輸入の前から相談があったり、あるいは輸入が決まってからその報告に来たりする会社もあった。どのような形でも、ジョージアワインに興味を持ってもらうことは嬉しいことだ。ジョージアのワインは、歴史が長いだけに、それだけ実は販売も難しい。どんな点を説明すれば消費者に訴求できるのかというのは、きっとどのインポーターも日々頭を抱える悩みなんだろうと思いながら私も時折、考えを傾けてみた。もちろん、一つの明確な正解は出たわけではない中、私からイン

ポーターや販売店に対しては、「プロモーションはなんでもお手伝いします！」と約束をした。「私は駐日大使の中でもかなりフットワークが軽いからその際はいつでも言ってください」と。おかげさまで、多いときには月に10件ほどワイン関係のプロモーションイベントに参加したこともある。もちろん、忙しいのはいいことだ。それに異論はない。

　もう一つ、これはやってよかったと思うのは、「みんなのタマダ」を設立したことだ。「みんなのタマダ」というのが何かというと、日本全国のジョージアファンの皆様に宴会の長を意味する「タマダ」の称号を与え、それぞれがその称号のもと生活の中でジョージアのワインやその他の文化についてプロモーションを行っていくものだ。大使館で発行している冊子「タマダくんと行く100日間ジョージア文化の旅」などがプレゼントされるという特典もあって、メンバーは1000人近くいる。この取り組みは、母国からも好評で、「なるほど、タマダを組織化したのか。それはうまいことやったな」という声もあるほどだ。

　一方で、うまくいったことが多かった反面、残された課題も多い。ジョージアのワインのポテンシャルはこんなものではないという感覚がいつも心のどこかにいつもある。ジョージアが固有の発祥地であること、葡萄の品種がどの国よりもたくさん集まっている点、そして何よりワインを楽しむための豊かな「スプラ」（ジョージア式宴会）の文化などがある点を見ても国際的にもっとプロモーションできると信じている。これに関して、最も難しいところは、それをいかに消費者に伝えるか、つまりコミュニケーションの面である。

　任務中にどこまでできるか分からない。できれば任務中になるべく多くを実現したい。しかし、タイミングというものもある。なんでも予期せぬ形で実現するものだ。松屋で突然シュクメルリが流行ったように。なんせ、ジョージアワインの歴史は8000年を超えている。その間、様々な出来事が

あっただろう。これからも時をかけていろんなことが起きる。だから、なるべく悠長な気持ちで、その進化を見届けつつも、さらなる発展に自分も一翼を担いたい。

特命全権大使へ

　2021年11月25日、ジョージアの特命全権大使に任命された。赴任してから約1年半後のことである。大使に昇進する公式文書を見たときは、心の中が静まり返った。周りの音が何も聞こえず、世の中が一種の均衡を保って平和になったのを覚えている。そして、そのとき、大使として命ぜられた文書の一言一句を読み返した。その瞬間を噛み締めようと思った。信じられ無いことを信じる不思議な気持ちだった。そして、それと同時に、大使になったからといって、安心することはできないと思った。むしろ、これからより一層責任感を持って取り組もうと決心した。(P103中)

　しかし、転機といえば転機だった。それまで、Xではいろんなユーザーと戯れあっていたスタイルだった。それを見直そうか一瞬考えたものの、やはり、「徒然なるままに」やろうと思った。

　文字通り、それまでの姿勢を踏襲した。その証拠にこんな投稿をした。

 今日から使えるおすすめのリサイクル術。これであなたも臨時代理大使から大使に昇進した時に困りません。(P103右)

大使の経歴

◎経歴

生年月日：1988年4月12日

学歴：2011年9月　早稲田大学 国際教養学部 卒業
1992年に日本へ移住して以来、大学卒業までジョージア、
日本、アメリカ、カナダで教育を受ける。

職歴：2012年　4月 - 2015年　4月
キッコーマン株式会社 海外営業マーケティング・首都圏営業担当
2015年　9月 - 2018年　9月
ジョージア・日本間の経済活動に携わる
2017年12月 - 2018年　9月　LLC Delivery 起業
2018年10月 - 2019年　7月　ジョージア外務省 参事官 入省
2019年　8月 - 2021年11月
在日ジョージア大使館 臨時代理大使 就任
2021年11月 - 現在　　　　　同 特命全権大使 就任

家族構成：妻・娘3人

第 5 章

ジョージアの
リアル

ジョージアと被占領地

　Twitterでは多くの人にフォローをいただいたり、いろいろな方とつながったりすることができた。その中の、Twitterでつながったひとりが乙武洋匡さんである。

　はじまりは2021年3月29日。乙武さんがその前年につぶやいたツイートを引用ツイートにして、つぶやいたことである。

 みなさんにお願いです。明日はエイプリルフールですが、コロナ関連の嘘だけはやめにしませんか。(2020 / 3 / 31)

　という乙武さんのツイートを引用して、

 少し気が早いですが、乙武さん今年のガイドラインをお知らせください。(2021 / 3 / 29)

　と投稿したのである。そこからつながりがはじまって、ワインが好きだという乙武さんに早速ジョージアワインを贈った。乙武さんはジョージアにとても興味をもってくれていて、近くジョージアをはじめ周辺国に滞在することを教えてくれた。乙武さんはもともととてもアクティブで、これまで100ヶ国近くの国を訪れていたが、新型コロナウイルス感染症の影響で行くことができなかったことから、コロナ後初、2022年の夏にコーカサス地方を訪れたのである。その日程に合わせて私もジョージアへ帰国したのである。

　アゼルバイジャンからジョージアに入った乙武さんと合流し、ワイン産

地として有名なカヘティ地方に行き、私の家族もみんな同じホテルに宿泊
した。ワイナリーに行きクヴェリ（壺）を見て、テラス席でのワインパー
ティーを楽しんだ。市場に行っては、ナッツが入った甘い伝統菓子「チュ
ルチヘラ」を食べた。

　その後、首都トビリシに戻って、国会議事堂に行き、我が家にも招待し
た。（P111左）

　そして、満を持して連れていったのが有刺鉄線が張り巡らされた被占領
地「ツヒンヴァリ」である。ここは国際的にはジョージアの領土だと認め
られているが、2008年のロシア侵攻により、ロシアが占領し、「南オセチ
ア共和国」という傀儡政権をつくっている場所である。トビリシから約100
キロのところにある。

　その地域の象徴的な人物がいる。家が被占領地側にあり、庭がジョージ
アが統制する領内にあったData Vanishvili氏だ。彼はいかなる条件を突き
つけられても、ロシア側に心変わりすることがなかった。多くの外国の要
人が彼の元を訪れた。もちろん、鉄線越しで。（P111中）

　この写真を見ていただくだけで、この地がどのようなところかわかって
いただけるだろうと思う。

　話を戻すと、私はこのとき休暇で帰国していたのだが、この被占領地へ
案内するための調整でジョージア外務省に5度足を運んだ。やはり大使と
いう立場なので、気をつけることが山程ある。

　しかしそれでも乙武さんには実際に見てもらいたかった場所なのである。
影響力のある乙武さんに見てもらうことで、日本の多くのみなさんに知っ
てもらうきっかけになると思ったのだ。そして何より国の一部を占領され
るということは、とにかく不自由だ。乙武さんにはそのつらさがより理解
していただけると思ったのだ。

　ここは乙武さんの生の声（Tweet）を掲載させていただく。

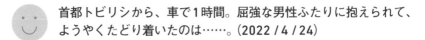 首都トビリシから、車で1時間。屈強な男性ふたりに抱えられて、ようやくたどり着いたのは……。(2022 / 4 / 24)

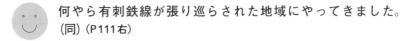 何やら有刺鉄線が張り巡らされた地域にやってきました。(同)(P111右)

ツヒンヴァリと呼ばれる地域。国際的にはジョージアの領土だと認められているが、ロシアはここを占拠し、「南オセチア共和国」という傀儡国家を樹立。いまも実効支配を続けている。ジョージア北西部にあるアブハジア地方でも同じことが起こっている。現在、両国は国交断絶状態にある。(同)

トビリシ市内がウクライナ支援のグッズで溢れていたことがよく理解できた。ジョージアにとって、ロシアの軍事侵攻は決して他人事などではなく、「明日は我が身」なのだ。「では、日本は？」ティムラズ・レジャバ大使、貴重な経験をありがとうございました。(同)

ジョージアは領土の2割がロシアに占領されております。私たちは2008年からロシアによる侵略の実態について国際的に明示してきました。そして、このような状況に屈せず前に進むことを続けております。今回は乙武洋匡さんに「動く境界線」とも呼ばれる占領線を見て頂きました。ありがとうございました。(同)

ロシアによるウクライナ侵略

　前述したように、ジョージアは残念ながら国土の約20％をロシアによって占領されている。さらにジョージアは約2世紀にわたってロシアの支配下であった経験もある。ロシアの脅威に関しては、自分たちの体の奥まで記憶が刻まれている。

　2008年のジョージアロシア戦争は私もジョージアにいたため間近で体験することになった。その体験に関して一つだけ言っておくと、戦争ほど恐ろしいものはない、その規模の大小がどうであれ。そのときの体験は私の物事に対する考え方を変えるほどの大きな衝撃だった。

　2021年の年末、ウクライナ東部で緊張感が高まっていたことは、日本でも大々的に報道され、多くの方がその情報に触れただろう。ウクライナとロシアの国境沿いにロシア兵が10万人ほど集まっていたという報道がされていたときは、世界のリーダーたちの発言一つひとつに注目が集まった。

　そんな様子が数ヶ月続き、それがどう発展したか、それは読者の誰もがよく知っているだろう。

　私は実を言うと早い段階から日本の何人かのトップレベルの政治家に、不安定な情勢に対して懸念が高まっていたことから議論を持ちかけた。日

本は明確に、ロシアとジョージアの間にあった領土問題に関してはジョージアを支持する側だった。しかしやはり、明確にロシア側を非難していたかというとそうでもなく、ロシア側からの圧力を警戒していた印象を覚えた。

2008年にあるいはそれ以降のジョージアに対する国際的な支持やロシアに対する非難や制裁のレベルが足りなかったことは、このときになって多くの専門家あるいは政治家が認めていることだ。

2022年の年明けに会った政治家は、詳しく言う事はできないが、ロシアとウクライナの間の問題をただ「難しい事情がある」と言って、なるべく介入しない姿勢を示していた。ロシアがあれだけの暴挙に走る直前でさえだ。私の信念は夏目漱石に賛成する。

「悪い人間という一種の人間が世の中にあると君は思っているんですか。そんな鋳型に入れたような悪人は、世の中にあるはずがありませんよ。平生はみんな善人なんです。少なくともみんな普通の人間なんです。それが、いざという間際に、急に悪人に変わるんだから恐ろしいのです」。

また、これと同じように信じていることが、悪人というのは、ある日を境に悪人になるわけではなく、もともと悪人であったものの素行が「いざという間際に」現れるということだ。それをあらかじめ理解して、白黒はっきり言える人間が政治家であって欲しい。

ジジョージアは多くのリスクを抱えながらも、絶えず自分たちの自由と独 立を何よりも尊いものだという覚悟でこれまで国の在り方を決めてき

たし、それは今のジョージアの姿にも直接結びついている。自分たちの国を侵略者から守ろうという思いとともに、隣国との共生を重んじる、バランス外交こそジョージアの伝統的価値観であると言える。私も、微力ながら、長年先のジョージア人のためにもできることを全うしたい。

　ウクライナとロシアの国境は、残念ながら、緊張感がピークに達していた。専門家は、ロシアに攻め込むメリットはないと、甘い予測を立てていた。実質、メリットなんかない。これまでの世の戦争は、そのような合理的な損得勘定で成り立っているものの方が少ないだろう。なんのための人命か人権か。非常に複雑なものがある。

　とは言っても、私たちは、専門家の予測に頼る必要はなかった。なぜなら全面的な侵略が始まる前の兆候が2008年にジョージアが経験していたものにとても似ていて、私たちの中では本能的にロシアが攻め込む警戒感が高まっていたからだ。

　私は自分に無力を感じながらも、何かしたい、ここで何かをやらなければならないという強い使命感を覚えた。また、ジョージアの経験をここで活かさずにはいられない、という気持ちを抱いた。歴史というものはある瞬間を逃してしまったら、そこでおしまいだ。そのような声がどこからでもなく私の中から湧いた。

　私のロシアに対する考えをもう少し掘り下げる必要がある。それは、決して、ロシアのすべてが悪であると思っているわけではないからだ。また、必ずしも、自由民主主義だけが正義であるというレッテル化も好まない。もちろん、レッテル化を好まないという意味であり、決してそれ自体を否定している風には、捉えないでほしい。だが、その話はまたの機会にするかもしれないし、物事がなんでもそうであるように、機会がなければ、しないかもしれない。

大使館チームの連帯活動

　2022年2月中旬、ロシアがウクライナに侵攻する兆候を見せていたことから、ウクライナに連帯するための活動を行おうと決心した。そして大使館のチームと話し合い2月24日にそれを実施することで話がついた。もちろん侵略が始まる前だったから、ことがどうなるか定かではなかったため私の中でも実行できるか半信半疑だった。ただそのような行動は、どんな状況でも有意義であろうと判断した。一方で情勢はだんだん悪化していって、その決定的な出来事としては2月22日、ロシアはウクライナの2州の独立を宣言するための、大統領令を発令した。その衝撃は外交界全体に、ただならぬ衝撃を与え、議題はウクライナとロシアの件で持ちきりだった。私は在日大使館のすべての国に対して、ジョージア大使館が主催するウクライナを支持するため連帯活動を呼びかけるために、送った案内のフォローアップとして身近な大使らに電話で掛け合った。

　ここでいわば内部事情について説明をしておきたい。このような活動を行うためには実に様々な弊害がある。そのうちの一つにやはり本部（つまり私の場合ジョージア外務省）の了承を得なければならないというところがある。本部の考え方というのは、割と単純で、これまで慣例のない新たな事はやらない方が良いと言うのが常である。それは外交の世界のみならず日本の官僚制度だって、あるいはどこの国だってそのような考え方はあるだろう。だから本部はこのことについて一筋縄では受け入れないのは予想されたが、私はある副大臣から了承を得ることに成功した。それがなければこのような活動はできなかっただろう。

　不安がありながらも、後ろを振り返ることもなく進めてきた。不安な私に対して、たとえ2人でも3人でもその活動に意義があると、妻も後押し

　をした。そんな中、活動当日を迎えた。ウクライナ大使には最後の最後に言おうと案内を出していなかったが、外交界では、情報伝達は早いのが掟だ。本人から前日に、その活動について連絡があり、私はしかじか説明し、彼にもなんとしてでも来て欲しいと説明した。彼は来ると約束した。ウクライナ大使はその期間をやはり日本の様々な政治家や外交官と面会に面会を重ねていた。

　2月24日の朝10時、赤坂にある大使館のすぐ近くのアークヒルズの広場に私を含めて14ヶ国の大使らが集まった。そして私たちは一直線に並べ自分たちの国の国旗が印刷されているA4の紙を手に持ちそれを一斉に裏返しウクライナの国旗を提示した（**P115左,右**）。その行為を何度か繰り返した。このような他国にわたるウクライナ支持のための公的な活動はそれが初めてだったのではないかと思う。その様子は、私とウクライナ大使のインタビューと共に、戦争が始まる前に、報道される予定だった。そのために、新聞社が何社かとNHKが来ていた。連帯活動は、わずか30分ほどで撤収をして、私は予定通り遂行できた安堵する気持ちがあった。

　しかし、大使館に戻ると、状況が一変した。ロシアが、現地時間の未明に、ウクライナ侵略に全面的に踏み切った。それも、東部だけではなく、ウクライナ全土で攻撃が始まった。そしてそれと同時に私たちの活動の様子が映像として流された。その活動が、有事の中で報道されることになるとまでは、私は予想していなかった。

母語の日

　2023年4月、私の前著『大使が語るジョージア』の刊行イベントが渋谷で開かれた。著者である私とダヴィドの講演会で、ジョージアワインを飲んだり、ハチャプリやシュクメルリを食べてもらおうという特別なイベントだった。Twitter（現X）のフォロワーや読者など多くの方と交流ができてとてもよいイベントだった。スペシャルゲスト「親戚の少年」もジョージアからオンラインで登場してもらい、大いに盛り上がった。**(P141右)**

　そのイベントだが、出版社などと日程を決めるとき私たちは4月14日という日付を希望した。なぜならその日がジョージアでは「母語の日」という記念の日だからである。

「母語の日」というのは日本にはもちろんない。それには、繰り返しになるが、地政学的に難しい位置にあるジョージアならではの歴史が関係する。

　ジョージアには、先人たちがジョージアの言葉を守ってきたという歴史がある。独自の言葉があるというありがたみを感じる人は他国においては少ないかもしれない。しかしジョージアでは歌や詩や文学を通して、言葉の美しさや自分の国の言葉でないと表現できない、国としてのアイデンティティというのを誇りに思うことがある。

　実は、日本で育った期間が長い私にとっては、母国語を学ぶということはとてもつらいことでもあった。小さい頃、父がジョージア語の本を読めと押し付けてきたのだ。私としては学校の勉強でも大変な思いをしているのに、ジョージア語の本を渡され、ここからここまで読めというのが、とにかく嫌で嫌で仕方がなかったのである。

　しかしいまとなって思い返すと、その父の思いがあるからこそ、いまがある。本当にそのように感じる。

　私の子どもたちは日本語とジョージア語、両方うまく話す。彼らは私よりとても恵まれていると感じる。ジョージアにもよく帰れるし、親戚も頻繁に来ることができる。私の子どものころは帰国できても4年に一度くらいの頻度だった。

　だからこそ母語学ぶ厳しさがあったのだが、大きくなって自分の文化のある大切さに気づいた私はやはり母語のありがたさにも痛感するのである。

　そのような母語の日にイベントを開くことができ、ジョージアの母語の日のことを日本のみなさまに知っていただく機会になり、本当に嬉しかった。

　私は2021年の同じ4月14日にこのようにツイートした。

　4月14日は დედაენისდღე、つまりはジョージア母語の日として定められております。自国の文字があることは幸せです。なぜなら文字は心を表す大事な表象だからです。独自の文字を持てることに改めて感謝したいと思います。მადლობა ーありがとう ✛ •
（2021 / 4 / 14）

大切な家族

健康第一、ヨガ

大使館の仲間たちと

チョハ姿

第 6 章

ブンガク愛、
日本通

ブンガク愛

本命は夏目漱石、芥川龍之介。
安部公房、中島敦、室生犀星なども好きです。最近の作家では村田沙耶香、朝井リョウが好きだが、選べるほど本を読んでいるわけでもありません。大江健三郎は気になるがまだ。村上春樹は素晴らしい作家だが、もう少し泥臭い作家の方に嗜好は傾きがち。ただ羊は文学最高峰。(2020 / 4 / 30)

　好きな日本の作家さんは？　と聞かれたときのツイートである。

　私にとって、文学は人生そのものだと考えている。なぜかというと、文学によって私は本当に多くのことを知り、物語の中には大きな世界観があるという風に感じてきたから。文学は、本当に素晴らしい世界だと思っている。と同時に、作家というものは、私にとって、これ以上ないくらいかっこいい存在だと思っていた。一種の目標のようになっていた。こんなツイートをしたこともある。

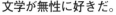

いつもこんな心情です。
文学が無性に好きだ。
偉大な作家たちが何よりもかっこいい。
私には書きたい憧れと書けないことへの焦燥がある。
しかし、作家たちの人生を見ていると、みんな何かしら、人生で大きな悩みや悲劇をともなっている
私は幸いそのような悲劇に直面した事は無い (2023 / 1 / 9)

　世の中には答えのないものがたくさんあって、人生というものが何なの

か、誰もがぶつかるような問題だと思うが、これに対して作家は自分なり
に答えを出す。男としての生き様としてもすごくかっこいいなと思う。

（P123左：漱石のパネルと）

　最初は日本文学をとても熱心に読んだ。ちょうど思春期の頃に、いろん
なことに対して疑問が出てきたり、世界ってなんだろう、世の中ってなん
だろう、人生って何ができるんだろうということを考えたときに、答えに
近いものが見つかるのが私にとって文学だった。

　だがちょうどそういうことに興味を持つようになってからまもなくして
ジョージアに行き、詩に巡り合った。ジョージアは詩がとても盛んな国だ。
詩には実に美しい世界があって、とてもよい表現方法だと思い、ジョージ
アはジョージアでそういった素晴らしい文学があるということに気付かさ
れた。文学に対する奥行きも感じられて、一層引き込まれていった。

　その時期、作家になりたいというような時期があり、書くことがとても
好きになった。作家がかっこいいなと思ったものの一つには、死んだ後も
読者に長く記憶してもらえるし、100年後にも自分の存在を知ってもらえ
ることすらある。人に影響を与えることができ、新しい世界を人に見せる
ことができると思い、私もそういう風になりたいと思うようになった。

　早稲田大学では日本語で小説を書き、ジョージアにいたときもジョージ
ア語で作品を書いた。日本では早稲田文芸会にも入っていた**（P123中：近年
の文フリで）**。授業でも創作の授業を取り、カナダに行ったときも英語でクリ
エイティブ・ライティングという創作の授業を取ったことは先に記した。

　人生の中で、私にとっての最大の喜びは、自分が書いたことが褒められ
ることだ。それは、私が自身の個性や存在意義に対して敏感であることと
つながっているだろうと思う。それは、生と死が片方だけでは成立しない
のに近い関係かもしれない。

　個性的な表現ができると自分自身を表現できた気がして、個性というか

自身の存在そのものが証明できたと感じ、喜びになった。

　今、Xにおいて短い文で表現しているが、こういう風に書いたらより注目してもらえるだろうとか、みなさんが一日のなかでたくさんの文章を目にするため、その中でも際立たなきゃいけないと常に考える。そうするためにやっぱり工夫が必要。言い回しだとか刺さるような何か、言葉遣いを選ばないといけない。そういう意味で、私は本当に言葉というのは力を持ってると昔から思い続けてきた。ちょっとした単語の使い分けだけでもまったく変わってくる。私なりの試行錯誤があったことが、やはり多くの人に伝わったのかもしれない、というのは感じる。ただ自分が目指している、例えば作品とか文学というよりも、ちょっと次元の低いものになっているということも確かである。

　日本文学で一番好きなのは芥川龍之介だ。なぜかというと、彼の生き様がとにかく好きなのである。私にとって文学というのは、その人の人生そのものなのだ。だから作品は当然好きだが、それによってその人が表したかったものとセットだと思っているので、作品だけが好きという考え方は私にはなく、その人と文学が常にセットなのだ。芥川は35歳で亡くなって、文学愛が誰よりもすごく深い。文字通り人生すべてをかけて、文学、自分の作品表現のすべてを通した。そのせいで家族もとても不幸であり、本人も自殺するまでになってしまったけれど、それは本当に良くないことだとも思うけれど、その熱量というのは本当に高かったと思っている。

　芥川の作品の中では、常に彼の葛藤だとか、彼の人生観、人生に対する悲しさとか、そういうものが必ず出てくるのが魅力である。当然のことながら夏目漱石とか他にたくさん素晴らしい作家はいるのだろうが、読んだのは三島とか、太宰、その代表的なところぐらいだと思う。しかし、読むのはそんなに好きじゃない。

カープファン

　2023年 8 月 3 日、カープ戦で念願の始球式をさせていただいた（P123右）。カープは私にとって子供の頃から広島を一つに表すような大きな存在だ。その球団は、いつも広島のみんなに勇気を与え、県民の誇りだった。例に漏れず、私も子供の頃から憧れていた存在だった。学校に行ってもみんなカープファン。もちろん広島市民球場にも何度も足を運んだ。カープ選手のカードも集めた。

　広島に行く機会に球場訪問を申し込んだところ、ありがたいことにオーナー代行の松田一宏さんがスタジアムを案内してくれた。スタジアムは、中には様々な娯楽がありや試合を楽しむ工夫がされていて、国内でも屈指の近代的なつくりになっていた。私が広島にいたときには、あの味わい深い、良い意味で汗ばんだ市民球場だったからとても驚いた。そして、それを思うと広島カープが戦後、市民と共に歩んできた歴史というものを感じずにはいられなかった。

　私は、松田さんの説明を聞き、様々な思いに浸っているときに、突然このように切り出した。「広島戦で始球式をやらせてもらえませんでしょうか。それも 8 月 3 日、ジョージアと日本が外交関係を樹立した記念日に」と。そんなことができたら夢のような話だと思った。なんとなく、広島とのつながりの強い外交官としてのシンボリックな記録にもなると思った。後日、

松田さんから調整ができたという連絡を受けたとき、私は感動に満ちあふれた。いつもだったら、その胸の高まりを毎回、家族や友人と話すことによって心地よく満たされる。しかし、今回、その気持ちの半端なしこりのようなものが残ったことに気づいた。なぜなら、このことは、今は亡き母に一番に伝えたかったからだろう。

試合当日、私は始球式にチョハで登場した。色はもちろん、カープカラーの。(P127左)

安倍元首相とアベノマスク

私が大使になって来日した2019年の日本の首相は安倍元総理だ。安倍元総理は素晴らしいリーダーだったと思う。彼の存在があったことによって、世界の均衡が保たれていたのではないかと思いさえする。存在感は、もちろん世界各国のリーダーの中でもとても高かったが、それだけではなく、一般人の間でも世界的に名前が知れていたことで評価されるべきだと思う。

私が安倍元総理のことを全面的に肯定しているように見えるかもしれないが、ジョージアだけの視点から見れば、正直に言うと不満な気持ちは少なからずある。なぜならば、安倍元総理は、まさに、ジョージアがロシアと領土をめぐる問題に直面した状態のときに(2007年ごろ)、日本の総理を務めていた。その期間、世界の多くの国がそうであったように、ジョージアの立場を正当化するポジションを日本もとってこなかったからだ。むしろ安倍元総理は、プーチンと接近を見せて、ロシアとの距離を縮めていた。後になって、ロシアに対する国際的な評価は明確に変わった。その中で日本も一晩にしてロシアに対する姿勢を180度変えた。外交方針は一番で変わるようなやわなものではあってはならないと私は考える。

　彼の晩年の不運というのは、もちろん、凶弾に倒れたことを第一に、さすがそれだけではなく、他にも様々なシグナルがあった。その一つは任期中に新型コロナが起きたことだ。安倍元総理のイメージと言えば、オリンピックの日本招致もその一つではないだろうか。そしてその機会に存在感を大いにアピールし、国際的にも彼のマリオのコスプレは多くの人の目に焼き付けられた。しかし新型コロナはかなり後ろ向きな仕事が発生し、その影響でオリンピックが延期となってしまった事は氏に大きなダメージを与えたのではないかと思う。

　安倍元総理に関連した私のツイートをひとつ紹介したい。いや国葬にまつわるツイートの方ではない。国葬に関しての私のツイートはそれなりに話題になったし、そのことを思い出した読者ももしかしたらいるかもしれない。しかしそれに関して私はそれ以上深掘りするつもりはないし、あの後特に何かコメントも出していない。だからここでもそのことについて私は何か付け加える事は一切思い付かない。私がここで改めて紹介したいツイートは、アベノマスクに関するものである（**P127中：大切にとっておいたアベノマスク**）。私は、世の中がアベノマスクについて話題が沸騰しているときに、5回に分けてこのようなツイートをした。

　「一週間の疲れを背中に家に帰ると、無意識のまま永遠にやりがいの見つからない郵便ポストの整理を始めた。我が家で日本語が分かるのは私だけだからその役割は自動的に私に回ってくるのだ。
　いつものように公共料金の請求書や派手なチラシに力を吸い取られる。受けて嬉しいものは玄関までくるものだ。／エレベーターの前の郵便ポストは、私と家族の間にいつも微妙な空白を生み出

す。私はそんな郵便物に抗うためにも素早く整理して、角に設置された新陳代謝の良いゴミ箱に不要なものを投下する。そこで発生する罪悪感は何なのだろうか？ それはいつになっても解明されない、人類が辿り着いた矛盾である。／今日もそのように、郵便ポストから郵便物を手にしてから一度も顔を上げずにそのゴミ箱の方へ一歩二歩と不規則に足を進めた。紙さばきは必ず、針に糸を通すときのような不都合な気分を味わわされる。そして、どうしてもっと頻繁にポストを整理しないのかとさらに負けた感覚を味わい、傷口に塩だ。／そんな普段とは変わらぬ古典的な憂鬱でゴミ箱の蓋を押し込もうとしたその時、突如として目の前の景色が一気に変わるような気がした。「うちはまだ。うちは届いたよ。」一億ものそんな会話が脳裏に浮かび、自分の手にしているものが突如として重みを増した。／私は家に上がるやいなや、用意された食卓にマスクを並べ、家族にそのことを報告した。今はどんなに人と人との間で距離を空けていても、人は社会という強靭な基盤でつながっているのだと感じた。そしてその社会として一緒にたたかっているのだと。無言でこの勇気を与えてくれた日本政府にありがとう。」(2020 / 8 / 25)

　私なりに、短いとはいい、久しぶりで、少し創作らしい文章でそのときの心境が表せたと思った。そして、何より、多くの方に読んでもらって、嬉しかった。人に読んでもらって評価されることが私にとって、何よりの幸せなことだ。

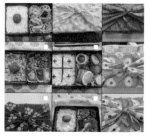

安倍元総理のご冥福をお祈りする。

愛妻弁当

　私の大使としての任務の中で触れなければならないものがある。私の日常の体と心の支えとなる、「大使の弁当」、つまり妻による愛妻弁当だ（**P127 右**）。

　お弁当というものは日本ならではのもの。2、3年日本に住んでいるからと言って、それを作ろうと思いつくはずがなかった。

　私はいつもお昼ご飯に困っていた。食べないことも多かった。なぜなら私はアレルギーにも敏感で何でも食べられるわけではない。もちろん大使館の近くにはお店がいっぱいあるが、お店を選ぶのもすごくエネルギーを使うし、メニューを選ぶのだって、楽しむよりもためらうタイプの人間だ。なので、たまにプラスチック容器に入れて持たせてもらうことはあった。

　ある日、私は妻に日本には素晴らしいお弁当の文化があるんだと、そっと言ってみた。その瞬間、妻の頭の中で何かが動いたのを私は感じた。それだけだった。それ以外に何も会話はなかった。

　すると、数日もしないうちに、突然お弁当を渡された。こう言ったら、なんだが、私は初心者の妻が作る弁当にあまり期待はしていなかった。

その記念すべき初日（今ではもう何食食べたかも数え切れない）のお昼、大使館の執務室で弁当を開けた。それは見事な弁当だった（P129左）。私が知っている日本の弁当だ。いやそれ以上だったかもしれない。なぜなら、桜の塩漬けがおしゃれに入っていたからだ。その頃ちょうど桜のシーズンで見事に季節も表していた。どこで覚えたのかわからない。しかしお弁当の文化を私が妻（P129中：妻と子）に話したときに、彼女の頭の中で何か"かちゃっ"と音が鳴っていたことはどうやら間違えではなかった。

ランチがこれまでがタッパーで用意されていたことに不満を漏らし、日本のお弁当の文化について話したら、反感を買ったが、次の日にプレゼントだと言って、こちらが出された。お弁当箱の包み方を練習していて、妻は早くもその奥義に触れ始めたようです。

しっかりと指導も受けたようです。（P129右）

　私はそれ以降、お昼は楽しみになり、お弁当を食べるようになってからぐんと集中力がつき、体調が良くなった。お弁当の文化は偉大だ。妻の愛情が込められている。最後に弁当について担当編集者による妻へのインタビューを紹介したい。（訳は私）

　　お弁当を初めて知ったのは、来日したばかりの時に軽井沢に新幹線で行ったときです。乗車前に主人が、日本ではとにかく新幹線に乗るといえば弁当、と言うのです。東京駅では、駅弁について熱弁を振るっていました。主人の最初の紹介の仕方が情熱的

だったので、私もすぐにお弁当の魅力を感じることができました。

　保育園や学校などで、日本人の女性たちが、あるいは男性もお弁当作りをしているということは知っていたんですけど、自分がお弁当作りをするようになるとはまったく思っていませんでした。

　ある日、主人が何かランチをもたせてくれないかということを言ってきたので、最初はただのプラスチック容器などに適当な料理を入れて持たせてあげていました。しばらくして主人が、日本には弁当文化があるからそれも参考にするといいよと言ってきたので、じゃあ、やってみようと思ったのがはじまりです。

　家の近くにお弁当グッズを扱う小物ショップがあったのでそこに相談すると、とても丁寧にお弁当箱のことや包むナフキンについても、こうやって包むんですよと全部教えてくれたのです。

　お弁当を作るのは自分の愛する人のために心を込めて作る、愛する人のことを考えながら作るからこそ美味しいものができる。そういう気持ちがあれば、白ご飯だけでも最高のご馳走なんだと私は考えています。家庭の一部を、それぞれの場所に持っていくというような気持ちで作っています。お弁当は私にって愛の箱なのです。

ツカヅカヅカヅカ、ヅカの沼

　並木陽さんという作家がいる。ジョージアの小説を書いた作家さんだ。

　並木陽さん作の小説『斜陽の国のルスダン』(星海社) は、13世紀のジョージアを舞台にした小説だ。その小説が、なんと宝塚歌劇星組公演の原作になったのである。歌劇『ディミトリ──曙光に散る、紫の花』のタイトルで公演された (2022年11月〜 2023年2月)。宝塚の舞台化に合わせて、小説も決定版が発売されることになり、その巻末に並木陽さんと私、大使館の専門分析員であるダヴィドの特別鼎談が掲載されたのである。

　『斜陽の国ルスダン』を出版した星海社の引き合わせによって、並木さんとお会いすることができた。しかしなぜ並木さんがジョージアを題材にしたのか、ジョージアに興味を持ったのか、そのときに聞いてかなり驚かされた。

　並木さんはある日占い師に占ってもらったところ、「あなたは中世のコーカサス地方のどこかの女王のパン作りの職人として仕事していたよ」と言われたという。コーカサス地方とは、カスピ海と黒海にはさまれ，ロシア，トルコ，イランと隣接するアゼルバイジャン、アルメニア、ジョージアの3国のことだが、彼女と友人はジョージアではと思ったという。そこからジョージアのことを調べて小説を書くまでにいたったという。

　その後、今度は宝塚がこれを原作に作品を作るという。これは本当に驚かされた。大使館としてはジョージアのことを扱うというので、宝塚に協力し、参考資料を一箱ぐらい、いろんな本を詰めたものを送った。それがとても役立ったと言っていただいた。そもそもなぜ宝塚がこの作品を演目にしようと思ったのかというと、NHK FMラジオのオーディオドラマで小説を扱っていたという。オーディオドラマ「斜陽の国ルスダン」は、2017

年8月に全5回で、人気ミュージカル俳優の花總まりさんや海宝直人さんらが演じ放送されていた。そのNHKラジオを聞いた宝塚の方が舞台化を進めたそうだ。

『斜陽の国ルスダン』は、13世紀の小国、ジョージアの女王ルスダンが、モンゴル軍や大国に脅かされながらも、誇りを失わず、運命の恋人と共に戦乱の世を生きる女王の姿を描く歴史ロマンだ。

　そこで私は宝塚を初めて観ることになった。読者の方々はご存知かもしれないが、結論から書くと、私は宝塚の虜になった。すっかり夢中になったのである。

　いやもう、宝塚を観る前からもうファンになった。2022年11月15日のツイートはこうだ。

宝塚観る前からほぼヅカオタです。美しい深い沼にハマりそうです。（2022 / 11 / 7）

そしてこのように続けた。

「星担です。よろしくお願いします」（同日）

「ヅカヅカヅカヅカ西進中です。美しい沼に浸かりたいです」（同日）

　兵庫県にある宝塚大劇場に向かうため新幹線に乗っていた。もう気分はヅカである。そしてこうもツイートした。

「ヅカヅカヅカヅカヅカ」（同日）

もうヅカしか書かなかった。

　待ちに待った劇場に着き、元宝塚歌劇団の男役、如月蓮さんが案内してくださった。(P133左, 中)

　そして、観劇後。

 「ジョージアはトビリシを舞台とする宝塚の公演を観劇致しました。私が大使に着任してから最も印象に残った一日となりました。宝塚歌劇に、この無類の感動に対して、心よりお礼を申し上げます。」(2022 / 11 / 15)

 宝塚が私に与えたもののひとつは、宝塚を観たことのない人とのコミュニケーションの中に生じざるを得ないギャップかもしれない。(同日)

親戚の少年

　お馴染みの方も多いかもしれないが、「親戚の少年」は私の親戚の少年が来日したことに始まった(P133右)。彼は日本の食事やお菓子を次から次へと文句一つ言うことなく挑戦してくれた。誤解を招いては困る。日本のものは私も好きだ。しかし、中には日本人にとっても珍しいものが多いが、それらについてもほとんど拒むことのない彼の姿勢に私は敬意を表したい。

　親戚の少年の姿は、多くの日本人の心を捉えることになった。彼が日本に滞在していた1ヶ月半の間だけでも3回テレビに出演した。私のXのフォロワーは、5万人も増えたから、驚きは隠せない。

　当時新しく発売したばかりの本『大使が語るジョージア』があったが、彼のおかげで、その告知もできた。

　親戚の少年ことマイケル君に、私は大きな借りをつくった。一連の出来事によってジョージアの認知度の上昇にも大きく貢献したのではないだろうか。今でも、親戚の少年シリーズが面白かったと言われることが多い。そして、その度に、また彼が帰ってきたらよろしくお願いします、と答える。

　今思えばただ単に日本の中で私が珍しいと思ったり個人的な好きなものを親戚の少年に食べてもらいその写真をアップするだけの企画。それがどうしてこんなにも人気が出たのか不思議と言われれば不思議だ。私が考えた企画の中身が面白かったという見方はできるかもしれないが、それだけではこの人気ぶりは成り立たないだろう。ただ、それだけでは弱いと思う。「親戚の少年」シリーズに対して、何千ものコメントが寄せられた。私はこれまでコメント、つまり「反響」を一貫して気にするようにしてきた。気にするようしてきたというより、ずいぶんの熱を入れて目を通してきた。なぜならば、それが私の次のツイートを導くヒントになるからだ。あるときこんなツイートをしたことがある。「ジョージアの大使、Twitterのやりすぎでしょ」というツイートを引用ツイートにして、

ツイッターが私をやっているのです。(2023 / 4 / 23)

　冗談のように聞こえるかもしれないが、私がTwitterをやっているのではなく、みなさんからの需要があってやっているのですよという気持ちを表したものだ。ちなみにこれはジョージアの有名な詩人の格言に着想を得た発言だ。

「私は詩を書かない。詩が私を描くんだ」

マリナおばあちゃん

　親戚の少年に話を戻すと、多々見受けられたのは「表情がなんとも言えずたまらない」「その顔がすべてを物語っている」「嬉しそう」「複雑そうな心境だ」など彼の表情にまつわることが多い。となると、企画内容というよりは、親戚の少年の一種カリスマ性がこの企画を牽引したのではないだろうかと思う。きっと誰がやっても同じ反響は得られなかっただろう。

　そう考えると、この企画自体、そのカリスマ性に私が引っ張られて行動を起こしたと言ってもいいだろう。彼は次から次へと、様々な食事や企画を用意しても一切拒むことなく、それを大いに楽しみ、受け止めてくれた。

テレビの取材や日本の著名人に話しかけられたときも、彼は堂々と受け答えや対応をした。(P137左)

　もしかしたらそれは最近のティーンネイジャー世代にはこのような性質が見受けられるのかもしれない。最近の若い世代は、TikTokやその他のバズりを狙ったアプリをたくさん見ている。だから、一般人でもスターになることが当たり前にインプットされている。

　ただ、ここでもう一つ言っておかなければならないのは、親戚の少年の家柄だ。このような彼のおおらかで、気前の良い、余裕のある、そして何よりも純粋な対応に大いにつながっていると思われるのが、実は彼の家はジョージアでは有名な政治家一家ということである。ただ私はそれがどうかということを言いたいわけではない。ここで肝心なのはあくまで、親戚の少年のおばあちゃんだ(P137中：中央)。

　親戚の少年は、私の娘たちにとって従兄弟にあたる。そして共通のおばあちゃんがいる。それが、マリナおばあちゃんだ。

　義母のマリナは愛情にあふれる人間だ。私も、これまでこんなに愉快な人間を見たことがない。流行に対して敏感で、イベントや大きな出来事は絶対に逃さない。自分の目でなんでも見たいタイプの人で、地球のどんなところでも方法を見つけて必ず行くのがマリナだ。彼女と電話するたびにオペラを聴きにオーストリアに行っていたり、家族全員を引き連れてイタリアへ行ったり、復活祭の時期になれば、聖地エルサレムを毎年巡る。日本にだってこれまで何度来たかもわからない。

　その一方で、誰かが何か困っている姿を見るとどこまでも助けるのだ。困ったときにみんなが必ず口にするの「そうだ、マリナに聞いてみよう」と。マリナの人脈は半端ではないのだ。いつも人に恩を売っておく。そうすれば必ず自分が必要なときにお願いできる。そのような思いで彼女は人生を歩んでいて、会う人にいつもプレゼントを惜しまない。マリナを見ていて

私もそんなことを勉強したが、なかなか簡単に実践に移せない。

　マリナはジョージアではどこに行っても知り合いがいる。どんな仕事の人に対しても必ずネットワークがある。人脈が大切な社会において、マリナは頼れる存在であり、ジョージアの大物たちさえ、マリナに対する気配りはいつも丁寧だ。

　そんなマリナおばあちゃんがこの世の中で最も愛するのが初孫だ。そう、親戚の少年だ。そして、それはしばしばそうであるように、彼女の弱みでもある。

　よく空港で、こんなに高いものを買う人なんているのだろうか、と思うことはないだろうか。そのようなものも、マリナは親戚の少年がお願いすると断ることができない。どんな高級ブランドの靴だって、あるいは同じようなものが、下手すると何十分の一の価格で買えるような帽子やシャツも孫の願いであればマリナおばさんは躊躇なく買うのだ。日本に到着したばかりの親戚の少年にそのような買い物を自慢された。だいたい自慢の反対側には、萎縮がある。それをこれまで彼の持ち物を見て何度も感じてきたのは私である。

　もちろん買い物だけではない。夏場のトビリシは暑くてとても過ごすのが大変だ。親戚の少年は立派なプール付きの家に住んでいて、可愛い愛犬を2匹飼っている。それでも、夏は例外なく、親戚の少年を必ずジョージアの秘境バフマロにつれていく。バフマロは標高約2000メートルの村であり、空気が綺麗だったり自然の豊かさで有名なところだ。真夏でも涼しく親戚の少年は毎日のように馬を乗り回す生活を送る。数週間のバフマロからは必ずオズルゲティ市に移り、そこではマリナの旧友たちと川沿いの大きな家で自然に触れ合いながら過ごす。

　そして、8月の後半は、マリナが一室を保有する海辺のリゾートホテルで過ごす。このセットを毎年繰り返すのが通例だ。このような過ごし方を

　すると、免疫は高まり、自律神経は整い、とにかく優しいエネルギーが体を充満する。一年中元気に過ごすマリナ式健康法だ。

　このようにマリナは親戚の少年に無類の愛を注いできた。だから、親戚の少年の心はそんな愛によって養われてきた。それが、今回に一連の企画にも滲み出たのではないだろうか。

試した日本食

　親戚の少年が来日したのは2023年の1月、記念すべき最初の投稿だ。

 親戚の少年がジョージアから日本に来る経由地ドーハの空港で買ってきたサッカーグッズです。いかがですか？（2023 / 1 / 17）

　彼は日本代表のユニフォームと帽子をおばあちゃんに買ってもらってきたのだ。（P137右）

　記念すべき最初の食べ物の投稿はカップ焼きそば。（P141左）

 親戚の少年が日本の味を楽しむためにこれから3分待ちます。（2023 / 1 / 24）

彼は焼きそばにかぶりつきました。そして、それをあっという間に平らげました。彼の食事のスタイルはこのように低重心の黙食派です。（2023 / 1 / 24）

コメントもいいねもだいぶいただいた。わら納豆を見つめる彼の写真付きの投稿の「いいね」は約7万。コメントには、「生粋の日本人なのに藁入り納豆は食べたことがないですwww」「めっちゃ嫌そう笑」「しょっぱなから飛ばしますねえ！」などのコメントが付いた。

その後も次々にチャレンジに応えてくれた。

親戚の少年シリーズで試した日本食の数々を紹介しよう。

カレー、カルピス、さけるチーズ、あんバター入りコッペパン、鬼滅の刃マンチョコ、缶コーヒー（ジョージア）、回転ずし、みたらし団子、きのこの山・たけのこの里（勝利：たけのこの里）、イカ「カットよっちゃん」、あんみつ、わら納豆、カップ焼きそば、雪見だいふく、たまごふりかけ、野沢菜……など。

そして4月、多くのフォロワーに惜しまれながら彼は帰国した。（P141中）

親戚の少年とは帰国後何回かやりとりをした。彼の力を借りて、2、3回オンラインイベントやインタビューにも登場してもらった（P141右）。また、日本の国会議員がジョージアへ訪問した際には、親戚の少年のところに赴いて、日本のお土産をプレゼントする出来事もあった。親戚の少年は、日本にいるとき、外務省の副大臣にも会ったから本当に大したものだと思う。

　私は親戚の少年と電話でたまに話すとき、またいつか日本に来られたらいいねと言葉を交わしたりする。彼もそうしたいと静かに頷く。

　親戚の少年が帰国すると投稿したツイートには、信じられないほどたくさんのエールや温かい言葉が寄せられた。

　人生は思わぬところで動くものだ。親戚の少年にとって、日本で起きたこの一連の出来事は、彼の人生にどんな影響をもたらすのだろうか。きっと何かは、大体そんなものだからだ。

 親戚の少年は、定刻通り成田空港からトビリシ国際空港に向けて、旅立ちます。親戚の少年からのメッセージです。「ありがとう。また来ます。」(2023 / 2 / 21)

私と小島よしお?

 私の場合はよく、小島よしおに似ていると言われます。小島よしおは早稲田大学の先輩ですが、その他にはそんなの関係ねーです。(2020 / 9 / 17)

　そうだ。私は、自他共に認める、小島よしお似だ(ここでは当初私にとってテレビの中の人物なので敬称を略す)。それは、顔のいちいちがそっくりだと言うわけではない。むしろ顔写真をそれぞれ比較すると、そんなに似ていないだろう。しかし、雰囲気あるいはオーラのようなものが似ているのかもしれない。2歳の娘に小島よしおの写真を少し遠目から見せたときに、パパだと言った。そんな感じの"似ている"だ。

ただ、私は、決して、最初から小島よしおに似ていることを受け入れていたわけではない。むしろ、最初は、似ていると言われるのが嫌だった。それは、小島よしおだったからと言うわけではなく、そもそも誰かに似ていると言われることが嫌だったのだと思う。私は何においてユニークさにこだわる、ある意味行きすぎた性格だと言うことを否めない。そして、まあ正直に言うと、それまで誰にもたとえられたことがなかった中で、最初に似ていると言われたのが、パンツ姿でテレビに出ている芸人さんだったのが、なんとなく好まなかったことも白状しなければならない。

　実は、小島よしおに似ていると言われたのは、学生の頃に遡る。周りの友達が何回かそのようなことを言ってきたため、小島よしおと私の関係はその頃からなんとなく意識するようになっていた。しかし、それが決定的になったのは、大学生の頃に付き合っていたＢという女性の母と会った後に、そのお母さんが彼女に「小島よしおに似ているよね」と彼女に言ったときだった。そこまで身近な人に言われると、それは自分がいよいよ小島よしおに自分が似ていると認識をしなければならない決定的な出来事だった。私は、おちょくられたように感じられて、素直に喜べなかった。少なくても、自分から進んで話のタネにはしなかった。

　しかし、一度だけ、弟にそのこと、つまり彼女の母に小島よしおに似ていると言われたことを言った。すると、弟はそれをかなり面白がった。家族に小島よしおの写真を見せながらそのことについて話し、学校では友達にそれを言った。弟の友達に会ったときには、弟がそのように仕向けたのだろうが、テムカさんって、小島よしおにそっくりですよね、なんて言ってからかわれたりした。それは、今になって思い出すと、とても良い思い出だ。

エイプリルフールに小島よしお!?

　エープリルフールは私が1年の中で一番好きな1日だ。それは、小さい頃に父にまんまと騙されたことをきっかけに、自分でもネタを仕込むようになった。以降、その日が近づいてくると、何をしようか真剣に考える。

　仕事では、Xを使う中で、絶えず何かしらユーモアを交えて日本のみなさんと交流を進めてきた。ユーモアがないと、それはつまらないし、ユーモアを使うことによって実際に多くの人の関心を呼んだことは私の中で一種の成功体験となっていた。そんな中で、私がエイプリフールを逃すわけにはいかなかったし、むしろそれは私にとって絶好のチャンスだった。

　着任して最初の年に早速、挑戦しようと思った。ジョージアの外務省では、その頃誰もそのような「ジョーク」をやっているのを見たことがなかった分、とてもドキドキしたのを覚えている。それだけではなく、日本の社会に対しても配慮し、それが何かネガティブな反応を起こさないか、少なからず不安だった。私は、日本の集団的な心理に一貫して配慮してきた。それはまさに日本で育った中で感じとってきた行動であり、それを誤ると時として取り返しのつかないことになり得るかを知っていたからだ。しかも、2020年4月というのは、新型コロナがちょうど流行しはじめた頃で世間では、エイプリルフールを控えようという呼びかけさえ一部であった。

このようなことをあれこれ考えたが、私は、それでもドラゴンボールネタを投稿した。せっかくデザイナーに用意してもらったし、やってみないことには始まらないと感じた。すると、予想を遥かに超えるほど拡散された。そして、何よりも嬉しかったのは、「このようなネタだったら、誰も傷つけないしすぐに嘘だと分かるからいいね」「お見事だ」などと、賞賛の声をもらった。私はXのユーザーに良いコメントをもらうことで度々励まされてきたことを言っておかなければならない。そして、それに感謝しなければならない。

　小島よしおは、外交官として日本に着任してからも何度か自分の周りに話題に上がったワードだ。X上で、いくつか「似ている」とコメントを受けて、私は久しぶりにそのことを思い出した。そこで、私は面白がって、自分でもそれをネタに、投稿したことがあった。反応はとても良かった。私は基本的に、日本の皆様と交流を深めるきっかけになれば、どんなことでも構わないと思っていた。小島よしおのネタも、とても良い媒介となった。そもそも、日本でジョージアの外交官を務める中で、自分の国の認知度を上げることを常に意識している。それは私だけではなく、周りの大使や大使館を見てもみんな心掛けているのではないかと思う。そんなことで、小島よしおの存在も私は大いに生かした。

　実は私は、そのうち小島よしおにもXで気付いてもらえるのではないかと思っていたが、残念ながらその機会は来ないままでいた。

　しかしそんなある日、私のそのような投稿を見ていた知り合いが、"小島よしお"と電話ができる仲のため、紹介することができるかもしれないと言う。うまくいけば会えるということで私は嬉しかった。そして、その時期がちょうど2〜3月ごろと、エイプリルフールの直前だったこともあって、私はその方に、せっかくなら一緒にネタを仕込もうという提案をした。すると、先方からも前向きな反応があって、大使館で企画のための撮影が

設定された。

　お笑い芸人さんと接するのは初めてだった。小島よしおさんは、常にギャグばかりを言っているタイプではない。むしろ、撮影に真面目に取り組む姿が、新鮮だった。そして、その過程の所々で、絶妙なタイミングでネタを挟んだ。それが見事でクセになる感じだった。普段、大体真面目に仕事している大使館という空間に一瞬に彼の色をもたらしたことに私は感心した。その笑いによって、仕事にまとわりついていた硬さが私から溶けていくのを感じた。お笑い芸人は立派だな、と感じることができるエピソードとなった。

　実は、撮影のロケーションに移動するために、私の車に小島よしおさんに乗ってもらった。そこで、彼からジョージアにも日本のようなお笑いの文化はあるのかと問われた。私は、ジョージアには日本のようなお笑いの文化はない、と答えた。そして、日本のお笑いの文化はいい文化だと続けた。しかし、撮影が終わって、小島よしおさんと別れた後に、私は考え事をした。だいたい、一人になってから、私は相手との会話を自分の心の中で続ける癖がある。そのとき、日本人は、自分を表現することが苦手で内気（シャイ）な人も多いと言われている。そして、社会はストレス社会で、そこでは自分の気持ちを抑える風習がある。それは、おそらく自分では気づいていない次元になっているだろう。その中で、冗談を言い合えるような場面もなかなかないのだろう。だから、せめて、他人を通してその欲を満たし、またそれによってストレスを発散するのではないかと考えた。そして、その一種の社会的な役割を担っているのがお笑い芸人だ。だから、これだけ、この文化が発展しているのだろう。つまり、私が考えたのは、その産業の発展は、日本の社会の厳しさの裏返しでもあるかもしれないということだ。

　これは、一種の思想の遊びの中で出たような考えだった。だから、これ

で何か結論づけたわけでもないし、その考えがその後何かに発展し何か確固たる真意にたどり着いたわけでもない。いまだに、それを考えた場所にそのままぶら下がっている。あるときまで、世の中の構造をこのように分析することにこだわっていたし、そのときはそれが大事だとさえ思っていた。もちろん、それによって多くのヒントがあると思うには、今でも考えが変わらない。しかし、今はどうしても、それを優先順位としてはそんなに大切に考えない。それは、仕事のことだったり、生活上のことだったりすることが今では私の中でより大事なものとなっているからだ。

　エイプリルフールのための撮影は、4月1日の数日前に行った。いくつかのシーンを撮影して、どれも手応えがあった。4月1日が訪れることを待ち遠しく思い、ソワソワした。どの写真も自信があったが、撮影中は、普段の仕事とはまた別の緊張感が伴ったし、それにこの写真がどれだけみなさんにウケるか、絶対的な自信はなかった。小島よしおチームは10名近くが同行していたし、自分もそれなりに張り切っていた分、何があっても、一定の反応が欲しかった。

　撮影中や写真を発表するまでの期間はこのような様々な思いが身を纏ったが、一つだけ、撮った瞬間、私が確固たる自信を抱いた写真がある。それは、私と小島よしおさんとのツーショットだった。つまり、私と小島よしおが似ているというネタを理解していない人に対してもそれが説明できる、我ながら「貴重な1枚」だ。そしてそれは、エイプリールフールの次の日に投稿しようと考えが定まった。

　エイプリルフールの朝から、すでにX界隈は熱気を帯びていた。特に、企業関係のアカウントや私が知らない人気アニメが「いいね」を伸ばしていた。どれもなかなか手が込んでいて、やはり前もって準備していたのだと

思った。私も、エイプリフールは、ほとんど1年かけてじっくりとアイデアを熟成させる。今回は、小島よしおさんとのコラボレーションはふとした巡り合わせで繋がったが、ずっと熟考していた熱量をそのまま小島よしおさんとの企画に転化できたと思う。一生懸命頭を悩ませて考えることは、そのままの形で活かせなくても、私は絶対に無駄にならないと信じている。

　企業などが目立った一方で、個人や公人の大掛かりなネタはほとんど見当たらなかった。かといって、そこまで仕込んでおいて、私は土壇場で投稿を控えることなんて、もうとう考えていなかった。そこまで仕込んでおいて？　いや、それだけではなく、このネタは小島よしおさん側からも投稿する約束をしていた。つまり、互いに相手が入れ替わる形でツイートするのがこの企画の醍醐味だった。

　当日のツイートはこちらだ。

外交官の仕事の様子を見たいという多くの方からのお声を受け、駐日ジョージア大使であるティムラズ・レジャバ大使の日常の風景をスレッドでご紹介したいと思います。

①ジョージアから入った緊急な案件に電話で対応する姿（P145左）

---

②大使館のメンバーとジョージアワインの日本でのプロモーションについて会議する様子（P145中）

③メディア向けのプロフィール写真を撮影（P145右）

④民族衣装チョハを着て宮中行事に向かう姿

　私たちは1日だけ、入れ替わった。私が小島よしおとなって、小島よしおはジョージア大使になったのだ。

　そして、2日目に私は、この企画を謎を解くかのようにツーショットをツイートした。

オッパッピーなエイプリルフールにお付き合いいただきありがとうございました。
1日限りのコンビをお楽しみいただけたでしょうか。
さて、今日から気持ちを切り替えて、来年のネタを考えていきます。

　このように、心に残るエイプリルフールとなった。ありがとう。小島よしおと自分。

日本人ジョージアンダンサー

　ここまで日本通とも言っていただく私の部分を紹介したが、最後は反対に日本人のジョージア通とも言える方々を紹介したい。

　宝塚の沼にハマった観劇だったか、書いておかないといけない人がひとりいる。ジョージアに深く関係がある日本人、ノグチマサフミさんだ（P149左）。ノグチさんはジョージアから来日し、宝塚のメンバーにジョージアンダンスの指導を行った。なぜノグチさんがジョージアンダンスをしているのか、その話をしたい。

　実は私は2018年にノグチさんがジョージアに来たばかりのころに初めてお会いし、私の弟と3人で食事をしてエールを送った。最初に会ったときは、大使館に行き、ジョージアの関係者と交流をしていたというが、当時の大使館のメンバーは、誰一人としてノグチさんが長くジョージアに滞在することになろうとは思っていなかったようだ。

　ノグチさんはもともと劇団四季の団員で、「アラジン」のイアーゴ役などで出演した。その後、ジョージアンダンスに出会い、習おうと思ったら日本で教えている人がいなかったので、ジョージアに行ったという行動力のある方だ。このダンスが日本で知られていないのはあまりにももったいない、と思い、「日本人の第一人者になって日本にもってきてしまえばいい」と考えたという。

　その後、劇団四季を辞めジョージアに移る。

　ノグチさんは「僕自身、何故か人生をかけてどうしても踊りたいと感じた踊りでした」（ノグチさんのYou Tubeより）という。

　ジョージアに渡ったとき、数字の1〜8までのジョージア語だけを覚えて行ったというから度胸がある。

　ジョージアンダンスは、地域ごとにスタイルが違う民族舞踊。ノグチさんのYou Tubeなどを観ていただくとわかるが、ダンスはとてもキレがあり、跳んだり回ったりとにかく情熱を感じる熱いダンスだ。ジョージアの有名な国立舞踊団「ルスタビ」のユースで練習し、由緒ある国立民謡舞踊団「エリシオニ」とオンラインコンサートをするほどにまでなった。

今回の宝塚の指導など、ジョージアと日本の関係にかなり寄与している方だ。

　今ではジョージアと日本を行き来しながら活動している。これからも彼の活動は楽しみであり、とても大事な仲間と考えている。

芸能山城組

　ジョージアには多声合唱（ポリフォニー）という民族合唱がユネスコ無形文化遺産に登録されており、それは我が国の核となる文化の1つでもある。ジョージアで多声合唱は、宴会、イベントに登場するなど、ジョージアの生活に根強く定着している。

　この多声合唱は日本でも『芸能山城組』や『アンフォラ』というグループが非常に高いレベルで活動している。

　芸能山城組は、「マルチパフォーマンス・コミュニティ」で、「アマチュアの立場を堅持しながら世界諸民族の80系統に及ぶパフォーマンスを上演してきた」という。(P149中)

　ジョージアの独立記念日ではレセプションに歌いに来てくれたり、相撲の臥牙丸の断髪式にも来てくれたりするなど、ジョージア関連の重要な日は山城組を抜きにしてはもはや想像できない。

　この山城組もかなり前からジョージアと交流があって、歌のレベルも高い。

　実は昨年来日したジョージアのシャルヴァ・パパアシヴィリ現国会議長は歌がとても好きな人で、山城組の招待で14歳のときに日本に来ていたというのだ。

　それはまだソ連時代だった1990年のことで、合唱団「マルトフェ」の一

員として来日していて、今回の来日に合わせ、そのときの写真や資料を山城組が送ってくれたのだ。

　国会議長のツイートを紹介しよう。

 私は14歳のときに合唱団『マルトヴェ』の一員として日本にきました。それは1990年のことです。30年以上たった今、また日本に訪れました。ジョージアと日本が互いの文化を尊重し合う姿を嬉しく思います。当時の資料を送ってくれた、芸能山城組 にお礼を申し上げます。(2022年11月9日)

　外交は、文化における交流を織り交ぜることによってより厚みが出る、というのが私のこれまで一貫して大事にしてきた姿勢だ。パプアシヴィリ議長の訪問では、それがよく表れたのではないだろうか。

ジョージア映画を紹介

　ジョージアと日本に関係の深い日本人にはらだたけひでさんという方がいる（P149右:左）。

　彼はもう40年以上、ジョージア映画あるいはジョージアの絵画にかかわ

り、仕事としては画家、絵本作家、ジョージア映画祭主宰など色々やっているのだが、その功績は大きく、何よりもジョージアという小国の超一流の専門家と言える方だ。東京の岩波ホールの元社員でホールの企画・宣伝として40年以上同ホールを支え、数多くの世界の映画を紹介した。ジョージアの画家、ピロスマニ（1862 - 1918）やジョージア関係の著作もある。

ピロスマニは、ジョージアの前1ラリ札にもなった国民的な画家。原始主義というか、とてもシンプルな絵を描く。シンプルな半面、実に奥が深くて、人間の心にものすごく刺さる、ジョージア国民にとって、そういう大衆的な画家である。彼がよくいわれるのは、ジョージアの民衆的な精神を最もよく表した画家ということ。彼のテーマは人間と人間の間にあり、この世界にある最も原始的な価値観を、生涯を通し、動物や自然や日常的な風景を通して描き、私たちの心の中に残り続ける画家なのである。

はらださんは1978年に映画「ピロスマニ」と出会い衝撃を受け、ピロスマニとジョージア文化のために尽くそうと決心したという。

そのはらださんが長年にわたり紹介してきたのがジョージア映画である。

ジョージアという国は、地政学的に厳しい情勢におかれ、歴史を通しアイデンティティを死守してながら国を存続してきた。ジョージアの文化・芸術には、常に時代背景や文化的な要素が含まれて、ソ連時代から様々な抑圧を打開しようとする力で、自由と解放を求めて生まれた作品が多い。独自の世界観が強いジョージア映画は、我が国の精神を伝える大事な文化であると考えている。

岩波ホールは2022年7月に惜しくも閉館したが、岩波ホールで最後に開かれた映画祭がジョージア映画祭だったことをご存知だろうか。2022年1月から2月、ソヴィエト時代の名作を中心に長篇短篇あわせて35作品が上映された。

それだけはらださんはジョージア映画に力を入れてくれていたというこ

とだと思う。

　最後の映画祭の初日には私もチョハをまとい、岩波ホールに挨拶に行き、同年に大統領が来日したときにも、長年ジョージア映画を紹介してくれている大切な場所として、大統領にも紹介したほどであった。

　身近とはいえない小国であるジョージアを専門にしてくれて、彼という専門家がいるということはジョージアにとってものすごく贅沢なことだ、と思っている。なにしろ彼がいることによって、ジョージアの映画が日本で長い間ずっと紹介され続けた。

　2022年の12月にはジョージア政府から文化功労賞が与えられた。海外で活躍しているジョージアに貢献する人に与えるものなのだが、私がはらださんに関する資料をまとめ大臣に推薦したところすぐに採用されたのだ。授賞式は盛大に開かれ、はらださんがジョージアに駆けつけ、その様子は私は日本でテレビで観てとても誇らしかった。

　これまでも絵本やジョージアに関する本をたくさん出版されてきたが、これからも出版されると思うのでぜひ注目していただきたい。これからもはらださんとの友情を続けていきたい。

ジョージア文学を紹介

　児島康宏さんは、コーカサスの言語の研究や、ジョージア文学・映画の翻訳などをしている方で、1990年代からジョージアに通ったという（P149**右：右**）。彼は大学在学中、いろいろな国の言葉を勉強していたところ、ジョージア語の文法に触れたとき、こんな複雑な文法で話す人が実在するのか、と思ったことがきっかけでジョージア語を勉強するようになったという。

　2000年代の前半、私たちの家族がジョージアに帰っていたとき、彼と

ジョージアで出会った。ジョージア人の方と結婚して、今もジョージアに住んでいる。児島さんはジョージア語は完璧、それどころか、ジョージアの地方の言葉さえ話せる言葉の天才だ。そういう方がジョージア語の文学や映画を訳すというのは、私たちとしては素晴らしいことと感じている。ジョージア語を専門とする人がいなかった時代は、それこそロシア語か英語を通して日本語に訳されてきた。そういう意味でも児島さんのおかげでかなりレベルの高い翻訳が日本で読めるようになったのである。

　これまで児島さんは、翻訳では、『祈り―ヴァジャ・プシャヴェラ作品選』（冨山房インターナショナル）、『20世紀ジョージア（グルジア）短篇集』（未知谷）、ノダル・ドゥンバゼ『僕とおばあさんとイリコとイラリオン』（未知谷）など、書籍では、『ニューエクスプレスプラス　グルジア語』（白水社）などがある。映画は、ニコロズ・シェンゲラヤ「エリソ」（1928年）、ヌツァ・ゴゴベリゼ「ブバ」（1930年）など50作品以上訳していてるということだ。本当にありがたい。これからの児島さんの活動にも目が離せない。

第 **7** 章

スポーツと私

スポーツのちから

　スポーツは私にとって大事な存在である。小さい頃からいろんなスポーツに取り組んできた。一番思い出に残っているのは、日本にいた小学1年生のときのマラソン大会だ。小学校のマラソン大会なので走った距離は1キロか2キロ程度だ。だが、私はそのころ足が遅かった。そのときの写真を見ると、左手で3、右手で3のポーズを作っている。つまりクラスで33位と言う意味で、かなり遅い方だった。もともと私は運動が苦手というイメージが自分自身にあった。

　当時の日本ではサッカーのJリーグが盛り上がっていて、私はカズ（三浦知良）が大好きで東京ヴェルディ（当時はヴェルディ川崎）を応援していた。緑のユニフォーム、鷲のマーク、しかもカズというスターに憧れて応援していたのだ。

　ジョージアに戻ったときには伯父がラグビー連盟の会長を務めていて、ラグビーの影響を受けた。ジョージアが独立して間もない頃、ラグビー人気が出はじめたちょうどその頃、初めてワールドカップ出場が決まった。そういうタイミングもあって、年上の子どもたちのチームに入りラグビーをやることにもなり、伯父さんも私にいろいろな運動をやらせてくれたからか、どんどん運動神経が磨かれることになった。

　運動も少しずつ得意になって、アメリカに引っ越すと、ラグビーチームがなかったから、バスケなどをやるようになった。

　クラスのなかでもかなり運動神経が良い方になっていて、運動にも自信を持てるようになった。いろんな競技をやっていくうちに、あらゆるスポーツに対応できるようになった。日本に戻ってきたときにはサッカーをやったり、中学からはハンドボールをやったり、スポーツ全般好きになっていた。

　思春期真っ只中はスポーツに打ち込み、一時はハンドボールで上を目指そうと思い、高校受験では私はハンドボールの強豪校に行きたいと思うようになった。しかし親はやはり勉強に力を入れてもらいたかったようで、進学校に行ったほうがよい、どんなことでもサポートするよ、と言っていた。

　ジョージアに戻ったときには、ハンドボールの代表アンダー 19、アンダー 21などにも選ばれるようになった。トップを目指してやりたい気持ちもあったが、ほかの学問やビジネスなどがやりたい気持ちのほうが強くなって別の道に進んだ。

　大使になってからというと、ラグビーのワールドカップ、そしてオリンピックも日本で開催され、2023年は沖縄でバスケットボールのワールドカップが開催された。つまり国と国との関わりにおいても、スポーツは大きな意味を持っていると確信する。

スポーツと絆

　日本とジョージアの関係でもそうだ。もともとジョージアは柔道の強豪国として日本との交流があり、なんといっても相撲でジョージア人の力士の活躍があり、私の任務中もスポーツはかなり重要となるだろう。

　私は両国の間に強い絆があるということをしばしば言ってきて、実際にそうであると思っている。もっとも、絆というものは形がないからしばしば抽象的になりがちだ。しかし、両国の絆を考える上でスポーツの存在は確実に大きな役割を担っている。実際にこれまでの任務中、スポーツを通じた多くの出来事があった。だからこそ私の任務のこと、あるいはジョージアと日本の関係というのはスポーツを抜きには語れない。

　私が着任して最初に起きた大きなイベントはラグビーのワールドカップ

日本大会（2019年）だろう。

　前回2019年のラグビーワールドカップは日本のみなさんもきっと記憶に新しいだろう。日本で初めて開催されたラグビーの世界大会であり、とても大きな盛り上がりを見せていた。ワールドカップ前後は関連したイベントが目白押しで街にはラグビー関係の広告一色、テレビやメディアでも話題が満載だった。その前兆に応えるべく、「ブレイブブロッサムズ」（日本代表チームの愛称、勇敢な桜の戦士たち）の仕上がりもとても高く、期待が上がった。

　ラグビーはジョージアが胸を張れるスポーツのうちの一つだ。ジョージア代表のユニフォームには、国のシンボルでもあるぶどうがモチーフとなっている（**P157左**）。とくに襟足の下のぶどうの枝は毎度のデザイン。昔、兵士が戦闘に出るときにぶどうの枝を背中に刺して、倒れてもぶどうの木として生き返るという意味が込められているからだ。そのジョージア代表は2003年のオーストラリア大会以降、ワールドカップ出場チームの常連だ。この日本大会も出場が決まっていた。そのため、開催前から忙しい日々が続いた。もちろん出場しない国の方が多いわけだから、私にとってこれがチャンスとなり様々なイベントに出られることを幸運に思った。

　なかでも印象に残っているのが開催前に東京で開かれたレセプションだ。日本に着任したばかりでレセプションに対して初々しい気持ちで臨み、何もかもが新鮮だったことを覚えている。そのレセプションには、安倍総理（当時）が来ていたこともあって、会場は盛り上がっていた。

　安倍総理や森元総理が喜ばしげに挨拶をしていた。私が安倍総理とお会いしたのはこのときが初めてだった。大勢の人の中で近づくのすら難しかったが、私が挨拶をしたそうに近くに寄って行くと、近くにいたラグビー連盟の関係者が、私がジョージアの大使であることに気付き、近くに引き寄せてくれた。その女性はテキパキしていて、そのたったいくつかの動作

から、仕事ができる人だと感じさせた。安倍総理の耳元で、ジョージアの大使だと伝えると、安倍総理が私に気を向け、名刺交換をして握手をした。思えば、それが最初に外交官として仕事をしていると感じたときだったかもしれない。それは恐らく、安倍総理がそれだけのカリスマ性を持っていたからだろうと思う。そのときに妻が写真を撮ってくれていたから、今でもたまにそれを見返す。

　ラグビーの大会中は、多くのことがあった。大使館も関わったジョージアのラグビー関連のイベントを東京・丸の内で開催し、そこでトークショーに出演した。ワールドカップ開催前には、国会議員ワールドカップや防衛ワールドカップがサブイベントとして開催された。どちらにもジョージアが出場していた。特に国会議員がチームを構成する国会議員版のワールドカップには、ジョージアは3人しか選手がいなかったため、日本と合同でチームを組んだのも良い巡り合わせだったと感じた。(P157中)

　その大会は山梨県で開催され、私もレセプションに出席するために足を運んだ。そこでは、一つとても嬉しいことがあった。それは、長崎幸太郎県知事が山梨県に関するプレゼンテーションを大勢の出席者に向けてしたときのことだった。知事は、山梨の魅力の一つとして、ブドウやワインにまつわる話をした。その際、山梨の誇る甲州というブドウ品種は、ジョージアからきていたということを、ジョージアのワインづくりに関する情報も織り交ぜながら、細部にわたって紹介していた。山梨の葡萄「甲州」の

祖先がジョージアということは（コーカサス地方のビニフェラ）兼ねてから耳にしていたが、山梨県知事がそこまでの思い入れを持っていたことは私にとって大きな発見だった。

ホストタウンの熱い応援

　徳島県との思い出も忘れがたい。ジョージアのラグビーチームのホストタウンは、徳島県が引き受けてくれた。ラグビージョージア代表は大会前のキャンプとして徳島県に入った。選手たちを励ますために私も大使館のメンバーと現地に出向いた。徳島の空港に着くやいなや、とても強い印象を受けた。なんといっても空港の名前が阿波踊り空港と呼ばれているだけあって、現地文化の雰囲気があふれ出ていた。私たちは空港に着いてから帰るまで徳島県のおもてなしに感銘を受けた。正確には、おもてなしと共に、ジョージアを応援する人々の気持ちに感動した。漫画やドラマで何かのチームを応援するとき、町が一色に染まる風景を見たことがあった。徳島ではまさしくジョージア一色だった。ジョージアでは個人個人のおもてなしの心が深く、街全体がおもてなしというのは感じたことがなかったため、そのような熱い応援を初めて見たのではないかと思ったほどだ。一緒に来ていた大使館メンバー3人ともがそのような同じ気持ちをもった。

（P157右：徳島県の方々と）

　ワールドカップの本戦が始まると、目まぐるしい日々が続いた。試合は必ず全部見に行こうと決めていた。

　予選で3試合を戦うことになっていたが、記念すべき最初の試合が一番心に残った。それは豊田スタジアムで行われたジョージア対ウェールズ戦だった。

　控え室では、私たちが待っているところに、相撲の栃ノ心も入ってきた。彼も東京から駆けつけてジョージアの初戦の応援に来た。私たちは、久しぶりの再会を喜び、メンバーが揃ったことを喜んだ。

　ラグビーワールドカップでジョージアは健闘した。ウルグアイに勝ち、強豪オーストラリアに対してもかなり良い戦いを見せた。予選こそ突破できなかったものの実力がしっかりと確認できたし、次につながるとても良い大会となったと言える。

日本のサポーターのこと

　私は自分が目にし、そして多くのジョージア人からも聞いた話を紹介したい。それは温かい日本人サポーターのことだ。スタジアムでは、多くの日本の方が、ジョージアのユニフォームを着て、応援してくれた。ジョージア語で描かれたユニークな応援の紙を手にした姿も、よく目に入った。

　また、埼玉県で行われたウルグアイ戦では、高校生がジョージアの国歌を覚えて試合前に歌いあげたこともあった。試合終了後のスタジアム界隈では、多くの日本人が、私たちがジョージア人とわかると励ましの言葉を送ってくれた。また数え切れないほどの温かいビデオメッセージなどを受け取った。こちらも数え切れない、感動の数だ。

　私はここでふと、アンゾル・エルコマイシュヴィリの言葉を思い出した。彼は、先に紹介した国立民謡舞踊団「ルスタビ」の総監督をやっていた。ルスタビは2018年に日本全国を回ってジョージアの合唱ポリフォニーを披露した。私はそのとき日本にいなかったが、彼は日本人と接している中で、その経験をこう語った。「これほどまでの多くの笑顔はどこから来ているのだろうか」。彼は、おそらく日本人の想像以上に深い心とその優しさに接し

たことでこう言ったのだろう。確かに優しさというのは特に精神が豊かで
なければ行動に移せないことだと私は考えている。

　多くのジョージアの人が、日本の気持ちに触れることになった。そして
何よりも選手たちは、日本人の応援をかけがえのない財産と考えている。ラ
グビーワールドカップは、レガシーを残すことを目標の一つにしていたが、
ジョージアと日本の間に大きな絆が育まれたと胸を張って言うことができ
る。

　この場をお借りしてホストタウンになった徳島県の皆様をはじめ、
ジョージアを応援してくれた日本のサポーターたちに感謝したいと思う。
このような温かいつながりが、外交につながっていると痛切に感じる。

コロナと東京オリンピック

　東京オリンピックは新型コロナウィルス感染症の影響で1年繰り越した
のは前代未聞だったが、いざ開催されても無観客。関係者が入っていいゾー
ンなどの決まりが細かく、組織委員会さえ細かいところまで把握しきれて
いないようだった。何がどうなるかわからない状態で大会を迎えた印象
だった。私たちも選手に会えないこともあるなど、大変なオリンピックだっ
た印象だ。(P161左〜右)

　よりにもよってコロナがまだまだ収まっていないなか、差別発言など少
しゴタゴタしたことなどもあった。大使館では、私ひとりだけジョージア
のどの試合も観戦することができた。そういう意味では貴重な経験をした。
どの試合もフリーパスでトップ選手の近くで、観客が誰もいないという幻
想的な風景でもあった。

　オリンピックの開会式に合わせ、ジョージアは50〜60人の選手団が来日

した。ただここで大変なことが起きた。

　選手村は厳しい管理がされていたが、柔道の選手が脱出して、東京タワーに行き、夕刊紙に写真を撮られ、その記事が大きく報道された。当時は、もちろんコロナ感染症がまだまだ警戒されていた時期。脱出した選手はジョージアのチームウェアーを着て、背中には「GEORGIA」としっかり書かれていた。日本の中にもコロナの中でオリンピックを開催することに対して賛同していない人、外国人の来日を快く思っていない人も大勢いた。ウェイトリフティングの試合を観に行く日だったので、どうしようと焦った。その頃ちょうどTwitterをはじめて反応も多くいただいていたころで、Twitterを使ったオリンピックの応援などもしていたのだった。シュクメルリのこともあった後で、ジョージアの認知度も上がっていた。柔道の選手たちが台無しにしてくれた、なんてことをしてくれたんだ、と落胆していた。そこで私はTwitterで声明を出した。

　　7月27日の柔道ジョージア代表選手の観光目的のオリンピック村からの外出に関する報道を受けた際は、憤りと不安が一瞬にして体を巡りました。そして、コメントを出さずに看過できないと思いました。憤りは、そのような行動に走ってしまったジョージ

ア側に対してです。スポーツはたとえ個人戦であろうと、多くの人が一緒になってはじめて結果が出ます。ましてやオリンピックという大舞台では尚更です。その中で、自分を含め、チーム関係者に至らぬ点があったのではないかと思います。このことについては、関係者に対して再発がないように真摯に反省につなげるよう考えを入念に共有させて頂きました。（中略）さて私は、外交官であります。両国の交流を深めることで互いに新しい価値を生み出すことが仕事です。そのため、政治や経済上のことのみならず、価値観やメンタリティを互いに共有することも大きな役目だと自負しております。柔道はジョージアで愛されるスポーツであります。そして柔道とその文化を通じた交流はこれまで多大なる価値をジョージアにもたらしてきました。だからこそ柔道のもつ精神を通じて、日本の受け継ぐ、畳の外でも求められる規律性や勝負強さをこれからももっと伝えていければと思います。最後になりますが、今回の一連のことによってご不便・ご迷惑をおかけしたすべての方へ重ねてお詫び申し上げます。どうかあたたかい目で見ていただければとお願い申し上げます。ジョージア柔道チームはすでに帰路につき、次の大会にむけて「はじめ」の姿勢であります。（2021 / 7 / 31）

　このことは報道もされた。Twitterでの反応はというと、みんな優しくて、「気持ちはわかる」「しょうがないよ」「また日本に来て」など、300件以上のコメントをいただいた。

　まずいことがあったらすぐにやらなきゃいけない、隠さずにはっきりと
お詫びをしようと思った。思いの外、温かい反応で良かった。大変な事態
を切り抜けることができた。

　安心していた矢先、今度はパラリンピックで事件があった。夏休みで大
使館も人が不足していて大変だった時期である。オリンピックが終わって、
パラリンピックを対応しなければならない、そういうときだった。

　パラリンピックチームが夜に東京に到着して、翌朝いきなり8時か9時
位に、ホストタウンの徳島県の人たちから電話をもらった。「今羽田空港の
近くのホテルに泊まっていて、とにかく大変なことになっているから、す
ぐに来てくれ」。ダヴィドと共にすぐにホテルに駆けつけた。選手が警備員
を殴ってしまい、警備室でその映像を見せられた。それは本当にショック
だった。前回の脱出騒動より深刻だった。酒に酔った選手が警備員さんを
突き飛ばすなどして重傷を負わせたということだった。

　前回の謝罪から日も浅かったので、日本のみなさんも、さすがにもうこ
りごりという感じだった。これはジョージアにとって本当に最悪な出来事
だった。

　私は、我が国の国民だから彼を保護しなければならない。2週間ほど警察
署に勾留、その間の健康状態を確認、弁護士の手配、言葉に困っていないか、
などで何度も足を運んだ。何より、警備会社、そしてホテルに謝罪に行った。

　彼が警察署から出てきて、帰国するまで責任を持ってやらなければなら
ないので、私がやった仕事で一番重い、大変な仕事だった。そしてTwitter
にも謝罪文を投稿した。

　大使の仕事としてはいろいろな仕事があるが、犯罪を起こした人、問題
を起こした人など、相手の国に迷惑をかけるのは一番嫌な仕事でもある。し
かし自分の国の国民だからしっかり守らなくてはいけない。複雑な気持ち
である。

オリンピック・パラリンピックを通して、メダルを取った選手もいたり、選手は本当に頑張ってくれたのだが、少し残念な印象の大会になってしまったのもまた事実である。せっかくのオリンピック開催だったが、パンデミックが起こり日本にとっても大変なオリンピックだったと思う。

ジーニーの召喚？

アイススケートでも良い思い出がある。かねてより、アイススケートは、日本で絶大な人気を誇る競技だ。その中で、しばしばジョージアの個性ある選手を応援する声もよく聞こえてくる。

2023年、NHK杯でジョージアの選手たちが来日していた。私自身、気づけば彼らのファンになっていた。そして、自ずと、この選手やあの選手に会ってみたい、と思うようになっていた。大使という仕事は良い面も多い。仕事という口実で、そのようなスターたちと会えるからだ。ただ、そのときは、ただ会うだけでは気が済まないと思って、私はスケートのジョージア代表にプレゼントを用意しようと考えた。日本のものということで、何個か、最近はやりのアニメのぬいぐるみを買おうと思った。実際に以前に新体操の選手たちは、自らそのようなフィギュアを買いに行っていたし、喜ばれるに間違いないと思った。しかし、一人だけ、私は特別なプレゼントを用意しようと決めた。それはモリス・クビテラシュヴィリ選手だ。彼は、過去に日本でジーニー（「アラジン」魔法のランプの魔人）の衣装で演目を披露しファンの間に大反響を呼んだ。それにちなんで、ジーニー関連のグッズを私は都内で探し求めた。結局、ディズニーの公式ショップでジーニーのランプを入手した！

いざ彼に会うときには、彼はファンも多いし、普段からプレゼントをも

らい慣れていると思っていた。だから、私は張り切ってプレゼントを用意したものの、それをいざ渡すときはまるで自信がなかった。他のみんなにプレゼントを渡し終わり、最後に彼にジーニーのランプを開封して渡したとき、モリスは子供のように喜んでくれて私もほっとした。私も気持ちが乗って、そのランプを使って彼をジーニーに見立てて、ジーニーを呼び起こすポーズで写真を撮った。なんとも忘れ難い良い思いだ。

 ジーニーの召喚です。（2023 / 3 / 27）（P165左）

相撲とジョージア

　ジョージアレスリング「チダオバ」というのがもともとジョージアにはあって、格闘技がとても強い。

　黒海がもっとも早く日本に来た力士だ。なにかの大会でスカウトされてきたという。私たち家族は入門した当時から彼を応援していた。彼らが勝ったり負けたりすると家族は一喜一憂していた。新年など大事なときはいつも彼らに会っていた。彼らも頼る人が日本にはいなかったから、彼らにとっ

て私たち家族が唯一のジョージア人だった。

　だいたいジョージア人が来日すると私たちのところに訪ねてくる。お相撲さんたちも同じように日本に来ると、私たちと交流してジョージアのことを思い出したりしていた。彼らも最初はとても大変だったから、頼りになったのだと思う。当時僕は、中学生くらいで、彼らは本当にすごいなと思っていて、憧れの存在だった。昔はジョージアが本当に知られていなくて、そうやって相撲って力強い、正々堂々としていて、相撲において私たちのヒーローが現れるということはとても嬉しかったし、自信につながった。バラエティー番組などに出演したときも、学校で話題になった。私にとってみんなヒーローだった。

　彼らがまだまだ幕下の弱いときからずっと観ていた。彼らは本当にテレビで観るジョージアにとってのヒーローということもあったが、個人的な付き合いでも先輩だから、ジョージアがどんな国かというのをよく教えてくれた。ジョージアの詩を紹介してくれたり、出身地について話してくれたり、歌を教えてくれたり、とにかくよく接してくれた。

　ジョージアは日本から遠く離れているから私たちも恋しくなることがあるが、彼らと接していると、ジョージアの話をしたりすることで、私にとって母国の良さを伝えてくれた貴重な存在である。

　日本からジョージアに帰ったりすると、たとえば栃ノ心の実家に行って遊んだり、臥牙丸の弟が出迎えていろんなところを見せてくれたりしてくれた。お相撲さんたちが、ジョージアのことをよくわからずに日本で育つ私に対して、ジョージアの良さを伝えよう、良さをより知ってもらおうという気持ちもあったのだと思う。なので、お相撲さんたちは私にとっていろんな意味でヒーローなのである。テレビに出ているヒーローでもあるし、自分の身近な友達としても素晴らしい方々なのだ。

　入門当時から一戦一戦ハラハラドキドキして、番付が一つあがっただけ

でも嬉しくて、黒海はジョージア人として初めて十両、幕内を決めたから、そうなるといろいろなことが変わる。栃ノ心も大関になって、優勝もして、そうすることで日本におけるジョージアのイメージがまるで変わる。心理的な違いは本当に大きい。日本に住むジョージアの人たちが本当に胸を張って生活ができるようになった。しかも、栃ノ心が優勝したあたりから、ジョージアでの相撲熱がとても大きくなった。日本とジョージアの、人と人との心をつなげる大きな架け橋になったのは確かで、それは大きな影響だった。

　入門の頃から、部屋での祝勝会やイベント会場での打ち上げなどに参加してきた。栃ノ心が大怪我をして幕下に落ちたときは、栃ノ心の病院に何回も様子を見にいった。黒海、臥牙丸の断髪式にも出ている。

　栃ノ心については大きなケガから這い上がって大関になって幕内優勝したのが誇りに思う。三役経験者が幕下に陥落した後に大関に昇進するのは本当にまれなことという（編集部注：昭和以降で琴風と栃ノ心のふたりのみ）。

　栃ノ心の勝敗を日々チェックして、国技館にも足繁く通っていた。

　2023年5月19日、その栃ノ心が引退した。そして2024年2月4日、雨の中、両国国技館で栃ノ心関の断髪式が行われ、祝辞を申し上げある滅多にない機会をいただいた（P165中, 右：断髪式で）。スピーチの内容を紹介してこの章を閉じたい。

「栃ノ心引退断髪披露大相撲　祝辞」
『日出る国』 ── ジョージアでは日本のことをこのように呼びます。日本への憧れと敬意を太陽に重ね合わせている表現です。
　一方、日本ではジョージアは長年あまり知られない存在でした。

若年の頃の私も、自分の国を伝える苦労をこの身をもって経験してきました。そんな中、その状況を変えたのが栃ノ心健史「レヴァン・ゴルガゼ」であります。

「日本におけるジョージアは二つの時代がある、栃ノ心の優勝前と優勝後」日本にすむジョージア人の仲間でこう口を揃え、誇り高く生活するようになりました。栃ノ心は、ジョージアの太陽を日本に昇らせたと言っても過言ではありません。

　ジョージアと日本との関係は、大相撲抜きにしては語れないものとなりました。小結・黒海が切り開いた道を小結・臥牙丸が色付け、それを最終的に大関・栃ノ心が集大成として一つの時代を結びました。／私自身は、栃ノ心のキャリアを、入門当初から見届けてきました。個人的な思い出もたくさんあり、特に出世前の栃ノ心が我が家に来てジョージア料理を食べた思い出には今でも心を熱くさせられます。／栃ノ心関は日本の多くのファンの心を掴み、そして、ジョージア国民の心を一つにまとめました。彼が両国の絆にもたらしてきたものは、文字通り計り知れないものです。

　今日、栃ノ心の相撲人生の中から、無数の輝かしい場面が頭に浮かんできます。

　大柄の力士たちを吊り上げてから土をつける様子は皆様の記憶にも鮮明に残っているのではないでしょうか。また、初優勝してジョージアの国旗を靡かせた光景。大関昇進の時の喜び。

　しかしそれらの明るい場面と共に思い出されるものがあります。それは栃ノ心が足の靭帯を怪我した、苦い記憶です。それによって出場ができないまま、幕下まで転がり落ちました。私は、絶対に弱音を吐かない強い栃ノ心が、両国の病床にいる姿を今でもよ

く覚えています。靭帯が切れたことは、まさに力士としての生命線が切れたことを意味すると誰もが思ったに違いありません。

　今でこそ強調したい。そこから復活する事はありえないことだった。／しかし、栃ノ心はそこから一層と強く逞（たくま）しく返り咲き、幕内最高優勝を果たし、大関にまで上り詰めた。それには、並大抵ならぬ覚悟と努力が必要だったと思う。そして、それに加えて、「相撲が好きだ」と本人も言っていたような純粋な気持ちがあってこそできたのではないかと思う。／まさに奇跡の物語を見た。夢は覚めるものだとそれまでずっと思っていたが、そうではない夢もあるんだと彼に教えてもらった。／栃ノ心をここまで強くしてきたのは、厳しい人たちが見せた優しさや、優しい人たちが見せた厳しさの無数の支えがあってこそです。だが、それほどの、人望が彼に集まったのは、それを受け止めることのできる、四股名にもあるように、大きな「心」が栃ノ心にあったからです。

　栃ノ心は第二の人生を今、歩み出そうとしています。これ以上にないほど素晴らしい奥様と可愛いお子様による、家族という名の新しい部屋で。その人生の中でも、まさに「心」という決まり手で、たくさんの勝ち星を重ねていくことでしょう。どんな分野に挑戦しようと、多くの人がいつも彼についていきます。

　こんな英雄の物語を見ることができた私は、大使として、友人として、そして一人のファンとして幸せです。

　この場をお借りして、これまで栃ノ心を支えてきた皆様に心から感謝致します。

　また何より多くの感動を与えてくれた栃ノ心に感謝するとともに、これからの活躍に向けて激励を込めたいと思います。**(2024 / 2 / 4)**

エピローグ

　大使としての仕事をしていると、オンのときもオフのときもなんだかいろんな出来事に遭遇する気がする。

　2024年の元日は、日本を震撼させた能登半島地震が発生した。そのときに、私はちょうど金沢へ向かっていた。待望の家族旅行で、1週間ほど北陸で過ごす予定だった。

　地震が発生したちょうどそのとき、我が家族は新幹線に乗っていた。

　新幹線は止まり、停車した状態がしばらく続くと言う。なかなか大変な経験をすることになった。私1人だったらまだ良いが、家族が一緒だったから、余計に心配した。

　また、このときの地震が、通常の地震をはるかに超えるということは、その後入ってきた情報ですぐに気づいた。私は3.11のときも日本にいたので、地震の深刻さを早く理解できるようになっていた。

　大使館としては、ジョージア国民の安否を確認し、場合によっては必要な支援をしなければならない責任がある。だからこそ、地震発生後まもなく家族に配慮しつつも、大使館の連絡網を駆使して、できる限りジョージア人の安全の確認に急いだ。もともとジョージア人は北陸地方にはそんなに多く住んでいいない。しかし、年末年始の連休、旅行シーズンでもある。私たちがそうしていたように、旅行中のジョージア人がいる可能性だってあった。大使館の領事部とも連携をし、ジョージア人が地震に巻き込まれていないことは概ね確認ができた。

　しばらく時間が経過した。車内は驚くほど静かで、パニックになる様子

はまったくなかった。それはいわば日本ならではの状況ではないかと思う。そのような状況に慣れているとも、理性的に行動することを小さい頃から言い聞かされて育ったのではないかとも想像する。

　そんな状況の中、私の子供たちのお腹の虫がとうとう騒ぎ立ててきた。金沢までは2時間半だったから、食べ物という食べ物も持ってきていなかった。少しのお菓子はあったが、それはもうとっくに食べていた。しかしそのとき、皇居でいただいたおせちが、荷物の奥にしまってあったことを思い出した。

　毎年、元旦は新年祝賀の儀に出席するために、皇居へ行って天皇陛下へご挨拶をする。今年も祝賀の儀に参加してから旅行へ向かうことにしていた。

　祝賀のビデオのほか、とても貴重なおせちの詰め合わせをいただく。何を隠そうそれが毎年楽しみだ。しかしなぜ金沢にそれを持参していたかというと、金沢でお世話になるはずの友人の母に差し上げるためだった。友人の母は茶道を嗜む方だから、花びら餅などが入るその詰め合わせはとても素敵なお土産になると私なりに考えてのことだった。

　金沢に行けるかどうかもわからなくなり、満を持して、そのおせちを新幹線の席についているテーブルに広げて、子供たちに食べさせた。そして、そのありがたい気持ちをXにも公開した。

　2024年はこんな始まりだった。そしてこのほか、多くの出来事が起こる1月となった。

　1月7日（旧ユリウス暦のクリスマス。東方キリスト教会の一部）のクリスマスには、在日ジョージア人を集めて、我が家でお祝いをした。ちょうど弟もジョージアから遊びに来ていたから良い機会になった。その後の新年だったこともあって、お世話になっていた方に顔を出した。新年というのは新

しい年の始まりだから、新しい目標を実行に移すという意味でとても好きだ。

『淡交』というお茶の由緒ある雑誌に毎月寄稿することになっていた。テーマは、ジョージアのワインの儀式スプラと茶道の比較だ。その1月号が出たばっかりだったから、それを携えて、ジョージア日本友好議員連盟の会長である逢沢一郎先生と会談を行った。そのときに、私はジョージアに日本ならではの茶室を作りたいという胸に秘めていた思いを明かした。その夢は、今でも胸の中に熱く燃えていて、これが実現できたら、両国の素晴らしいシンボルになるのではないかと強く思っている。

　また、2月4日に控えた栃ノ心の断髪式の準備にかかりきりだった。栃ノ心は、ジョージアでもとても人気で、多くの人が本国から来ることになっていた。栃ノ心の親族やファンだけではなく、ジョージアの政府の要人と合唱団も来ることになっていた。このようなときこそ、大使館の働きにかかってくる。私は決して器用な方でもないし、敏腕とも言えない。だからこそ、何か大掛かりなことをやるときは、しつこいほどチームのメンバーとすり合わせを行い、とにかく彼らを信用する。彼らの力を頼る思いが伝わるとみんなも動いてくれる。そして何か大きなものに望む前やその後はしっかりとねぎらうことにしている。それはまさに日本で学んだ精神だ。

　ほかにも、大事な行事が控えていた。ミクロネシア連邦への訪問だ。私は日本以外でもマーシャル諸島、パラオ、そして、ミクロネシアの大使を兼轄している。2022年から、ミクロネシアについても兼轄することになった。今回は、正式に大使となるための信任状捧呈式を執り行うために渡航予定が入っていた。これによって私がジョージアとして初代のミクロネシア大使となることになっていた。

　それ以外も、行事やイベントが目白押しだった。松屋でのシュクメルリ発売が迫っていて、松屋の関係者とも会い、ついにその詳細を聞くことができた。ジョージアとして、とても大きなプロモーションだから、最初から良い流れをつかみたいと思い、松屋との連携を歓迎した。またジョージアの新年の風習に関するテレビ撮影も行った。国内の出張もあった。それは神戸学院大学で講義をするためだった。それが阪神淡路大震災の日に重なっていたから、市民の集いに参加し、弔意・お見舞いを表明することができた。

　セミナーや講義の依頼はありがたいことにいつも多く、先日は東洋大学で講義も行った。また別のときには久しぶりに茂木健一郎先生にも再会した。茂木先生は、私が大学生のころ、早稲田大学で非常勤講師を務めていたので存じ上げていた。YouTubeの番組収録で一緒になって、とても温かい雰囲気で収録を迎えることができた。

　昨年、私の尊敬するイオセリアニ監督（ジョージア映画）が亡くなり、それに関する新聞社のインタビューもあった。またワイン専門誌のインタビュー、新しい原稿も締め切りがあったから、同時に進めなければならない。

　夏目漱石は「情に棹させば流される」と言ったが、目まぐるしくやってくる日課だけに集中していたら、まんまと流されるのである。だからこそ、私はそのときそのとき何かより意義のあることをしようと無意識にいつも考える。

　1月31日、私はジョギングをしながらふと思いついた。夕方の事だった。明日は能登半島地震発生から1ヵ月だ。自分にとって衝撃の大きい出来事だったからこそ、何か少しでもいいから、現地の人たちのためになりたい

と思ってきた。その思いがこみ上げてきて、「よし、ちょうど1ヵ月を迎える日に能登に行こう」と思いついた。

　能登にはジョージアのぶどう、サペラヴィ種でワイン作りを行っているワイナリーがある。石川県出身の衆議院議員・佐々木紀先生にその情報を教えてもらった。だから「能登ワイン」に行けば良い機会になると考えた。とは言っても、そんなすぐに出張の予定を組むのは難しいが、やれるだけやってみようとすぐに秘書に確認した。まず何よりも大切なのは現地の人たちの迷惑にならないことだった。すると大変ありがたいことに、能登ワインからも訪問を歓迎する旨が伝えられた。飛行機も飛んでいることが確認できた。あとは大使館内部の手続きを済ませれば訪問は実現する。就業時間は終わっていたが、何人かの職員に連絡をしてこの訪問に協力してほしいとお願いした。するとみんなすぐに段取りをつけてくれた。

　出張当日は朝が早いから前の晩は早めに床に着いた。翌日のことで頭がいっぱいだった。同時にもう1月が終わることに驚きつつ、今月も多くの出来事があったなと考える。

　日々本当にいろんなことが起きる。ただそれはたくさんの人と関わっているからだとも思う。そのすべての人に感謝の気持ちを捧げたい。このように本を書く機会が与えられるのも、それらの人たちのおかげだと思う。また明日から、自分にできることをやり尽くして、そのような方々に恩返しをしたい。

　そういえば1月は、ラーメン二郎にも行ったじゃないか。

2024年2月13日

　　　　　　　駐日ジョージア大使　ティムラズ・レジャバ

Special Thanks（敬称略）

生田よしかつ
乙武洋匡
如月蓮
児島康宏
小島よしお
ノグチマサフミ
はらだたけひで

キッコーマン
芸能山城組
国会ラグビークラブ
宝塚歌劇団
徳島県のみなさん
日本国外務省
根岸商店（世田谷区）
広島東洋カープ
松原食品
松屋フーズホールディングス
和敬塾

駐日アイスランド大使館
駐日アメリカ合衆国大使館
駐日ウクライナ大使館
駐日英国大使館
駐日カナダ大使館
駐日サンマリノ共和国大使館
駐日ノルウェー王国大使館
駐日ブルガリア共和国大使館
駐日ポーランド共和国大使館
駐日モルドバ共和国大使館
駐日ラトビア共和国大使館
駐日リトアニア共和国大使館
駐日ルーマニア大使館

〈著者略歴〉

ティムラズ・レジャバ

在日ジョージア大使。ジョージア出身。1992年に来日し、その後ジョージア、日本、アメリカ、カナダで教育を受ける。2011年9月に早稲田大学国際教養学部を卒業し、2012年4月キッコーマン株式会社に入社。退社後はジョージア・日本間の経済活動に携わり、2018年ジョージア外務省に入省。2019年に在日ジョージア大使館臨時代理大使に就任し、2021年より特命全権大使。

SNSを活用してジョージアの広報に努め、日々のSNS発信で注目を集めている。

ジョージア大使のつぶや記

2024年3月25日 初版第1刷発行

著　者　　ティムラズ・レジャバ
発行者　　阿部黄瀬
発行所　　株式会社 教育評論社
　　　　　〒103-0027
　　　　　東京都中央区日本橋3-9-1 日本橋三丁目スクエア
　　　　　Tel. 03-3241-3485
　　　　　Fax. 03-3241-3486
　　　　　https://www.kyohyo.co.jp
印刷製本　株式会社シナノパブリッシングプレス